Sophia
作 品 集
04

Sophia

作品集

04

Sophia

作品集04

by Sophia

雲與，薄荷糖

IT MIGHT BE YOU

我想，最大的問題大概在於那天的天氣實在太過晴朗了。

01

有一朵長頸鹿形狀的雲。

托著下巴我有些無聊的望著窗外的景色，偶爾吹來完全稱不上涼快的風，樹葉以不太有誠意的方式晃動了幾下，彷彿清楚掌握我之所以盯著它看不過為了打發時間，即使賣力的搖擺也不會得到好評。樹葉的活動方式似乎也很實際。

但沒有其他選擇，比起幾乎不動的長頸鹿雲，多少有些擺動的樹葉還是有趣多了。

這種狀態大概還要維持很長一段時間。

幾個月前我就放棄確認時間這種事，不管是十分鐘或者二十分鐘，覺得長就是覺得長，覺得短就是覺得短，「不感興趣的課」這種存在是超越物理性和客觀性的，不到鬱悶的程度，但絕對搆不著愉快的邊緣。

如果把一個人丟到時間流速比地球快上五倍的地方，原封不動的將物理老師和黑板移過去，那麼，我想結果並不會有多大的不同。

轉過頭時老師潦草的字跡已經填滿了三分之二的黑板，我總是從這裡開始抄寫，不必頓下動作等著未竟的字句，也可以在看完整個段落後決定行距和分段，更重要的是，那種帶點「不快點會來不及」的感覺會加快時間的流逝。

剩下最後一行時鐘聲響了，我在聲音停止之前結束了最後一個字。

剛好。我特別能夠對這種微小的事感到開心。

「季妍，有人找妳，在前門。」

「好。」

我的位置只要抬起頭就能看見前門，那裡站著一個背對著教室的男孩，頭髮短得像是被百元快剪的老闆毫無考慮的用剃刀推過一樣，不過比起一堆拚命噴上定型液的男生清爽多了。

光從背影和髮型我判斷不出是誰，但我想不會是我認識的人，沒有多餘的猶豫我乾脆的站起身，離開座位時璟儀才剛闔上筆記本，正朝我揚起微笑時我伸手比了比門外的男孩。

她不自覺嘟起了嘴。我不帶感想的輕輕聳肩。

「你找我嗎？」

男孩彷彿遭受電擊一般顫了下，他猛然轉過頭，臉上掛著絕不會被遺漏的緊張感，他有些明顯的嚥了口口水，用著像是在沙漠裡生活了整整一星期的乾啞嗓音緩慢的開口。

「可以，佔用妳一點時間嗎？」

「嗯，不要太久的話。」

「到走廊的盡頭，」男孩稍微停頓了一下，像是為了判斷我的意向，「可以嗎？」

「沒關係。」

接著我以隔著一段距離的方式走在男孩的右後方，有幾個同學多看了幾眼，但沒有更多的關心，這種事發生得非常頻繁，偶爾是女孩，他們以類似的模式拜託我到某個不引人注目的地方，接著說出相似的拜託。

璟儀。或是韓颯。偶爾還有其他人。

她和他總是以小心翼翼的姿態捧出「喜歡」這種感情，當然不是給我，對他們而言我大概扮演著中繼站的角色；雖然不應該藉由第三者遞交感情，但已經沒有更多的勇氣了，為了讓自己的心情投送到對方的手中，除此之外沒有辦法了。一想到這點我就會心軟答應幫忙，於是一次兩次之後我好像就沒有拒絕的理由了。

「勇氣什麼的，不管說得多理直氣壯依然只是藉口，那些人不過就只是狡猾的採取最輕鬆的路徑，規避原本就應該由自己面對的所有可能。」

韓颯最討厭這種事了。

可是中途說要拒絕，一定會被對方認定「是因為不想幫我吧」，幫了其他人所以也必須幫對方，乍聽之下似乎沒辦法反駁，但仔細想想誰都會知道這不符合邏輯；但重要的不是邏輯問題，而是人際關係的問題，尤其是女孩們，口袋裡隨便掏都能掏出「一千種排擠你的方法」。

高中生的生活也沒那麼簡單啊。

抬起頭我望向停下腳步的男孩，幸好是男孩，不然一定又會被韓颯罵。沉默延續了一陣子，我安靜等著男孩說話。

「我、我喜歡妳。」

他說了什麼？

喜歡。

我。

花了很長一段時間我才完全理解男孩方才說的話語，我怔怔的盯望著他，在他開口之前我還很有自信的認為自己相當擅長面對另一個人的喜歡，但那畢竟是與我無關的喜歡；我的腦袋裡沒有足以稱得上是想法的東西，但即使如此人也還是能丟出一些什麼。

「對不起。」

很熟悉的聲音。

闔起嘴巴時我才意識到那是我的聲音，那是從我口中丟往男孩的東西，他難過的低下頭，像是打算擠出一個沒關係的微笑，但最後明顯是失敗了。

最後他搖了搖頭。

「謝謝妳願意聽我說。」

我不知道這時候該回答些什麼，這是我人生第一次面對的告白，我應該早一點問問韓颯或者璟儀的，但我沒想過自己也需要面對這些，對我來說，「告白」這種存在是屬於別人的。

旋過身我注視著男孩逐漸遠去的身影，安靜的想著，原來也是有屬於我的告白。

我不知道男孩是誰。

踏進教室後我才想起這一點。

但我實在沒有任何詢問的時機，男孩也沒有自我介紹，我拚命搜索自己的記憶確定他不是被我遺忘的某個人，我扯了扯髮尾，煩躁的時候我就會不經意這麼做，但我明明只抬起右手為什麼左邊的頭髮也有被拉扯的感覺？

「不要擋路。」

是韓颯。

我以為他會對恍神的我有一點關心，但他當然沒有，因為他是韓颯，他很乾脆的掠過我走回座位，我皺起鼻子特意擺出非常不悅的表情。

不過當然沒有用。

「怎麼了嗎？」

「我遇上奇怪的事了。」

「奇怪的事？」

「嗯。」我湊近環儀的耳畔，「剛剛被告白了。」

「什──」

在她發出高八度的驚呼之前我搶先摀住了她的嘴，但她還是很想大叫的樣子，兩隻手胡亂揮動著，沒有辦法，我只好向不遠處的冷淡鬼求助。

「韓颯，拜託。」

「妳拿什麼來拜託？」

「下星期我會烤餅乾給你。」他輕輕挑了眉，我已經快箝制不住環儀了，「連小蔓姊姊的份也一起。」

韓颯終於沒有誠意的點點頭。

他走到我和環儀面前，面無表情的抬起手，接著朝環儀的眉心用力一捏，這實在太殘忍了，我鬆開手之後環儀還是放聲喊叫了。

「痛，好痛，痛死了──」

「吵死了。」

像是結束任務一樣韓颯旋即轉身想離開現場，我猛然扯住他的衣袖，他以煩躁的眼神瞄了我一眼，恫嚇，雖然很可怕但對我跟環儀一點用處也沒有。

「放手。」

「不放。」我轉向環儀，「想聽內容就把韓颯架出去。」

「好。」

最後我和環儀以非常惹人注目的方式將韓颯拖到不引人注目的角落，好吧，這當然是自欺欺人，但至少其他人聽不見我們的對話。

為了避免韓颯脫逃三個人還是呈現奇妙的姿勢。

「快說、快說嘛。」

「我不想聽。」

「剛剛，我被告白了。」我稍微回想了男孩的臉，他的五官相當立體，但我找不到正確的拼湊方式，「感覺、有點奇怪……」

「哪裡奇怪？」

「放開我。」

「我不認識他啊。」

「所以呢？」

「再不鬆手妳們兩個就死定了。」

「為什麼人會喜歡上一個不認識的人呢？」

「喜歡是沒有道理的啊。」

「就說了放手——」

韓颯猛然一甩把我和璟儀兩個人狠狠拋開，他煩躁的整理著制服，在他抬起右腳之際我和璟儀又非常有默契的箝制住他。

「那妳喜歡他嗎？」

「就說了完全不認識啊。」

「認不認識不是問題，至少不是最重要的問題，他跟妳告白的時候，妳有沒有心跳很快，或是覺得『這個人好像跟其他人不一樣』？」

「我沒有考慮那麼多，現在還停留在很奇怪跟非常錯愕的階段，欸，韓颯，你說呢？」

「放開。」

「我是說除了這句之外。」

「拒絕之後就不需要有任何討論，放開。」

「你怎麼知道我拒絕他了？」

「對啊為什麼？」璟儀湊近了一點，像是想起了什麼，「啊、難怪剛剛那個男生一臉快哭出來的樣子。」

「真的嗎……」

「嗯。」她認真的點頭，「不過這代表他真的很喜歡妳吧。」

「浪費時間討論這個一點意義也沒有，趙季妍，只要不是妳喜歡的對象，不管是誰、有多喜歡妳都無關緊要。還有，放開我。」

「好吧。」

我和環儀終於鬆開雙手，接著相當迅速的以兩手護住眉心和鼻子，但韓颯永遠有其他方法，他抓住我和環儀的腦袋用力的碰撞，好痛，他冷冷的瞥了我們一眼，沒有辦法，這就是讓韓颯加入討論的代價。

「好痛喔。」

「真不知道這種男的為什麼會有那麼多女生喜歡。」

「就說了喜歡沒有任何道理啊。」

「我果然不懂。」

「那要再去問韓颯嗎？」

「等頭不痛之後再說吧。」

我和環儀一邊揉著頭一邊笑了出來，那時的我並不知道男孩的告白是讓一切開始轉動的齒輪，那一切在某個誰也沒察覺的端點，悄悄的開始運行。

然後，我們的世界也逐漸有所不同。

男孩請了兩天假。

這種在不久前還與我無關的事筆直的投遞到我面前，於是無須任何探問，關於男孩的事便一件兩件被談論著，但所有人都只是覺得有趣，沒有人特別關心男孩的感情，也沒有人在意「為什麼他會喜歡我」這種問題。

彷彿對所有人而言「誰喜歡上誰」都能被接受，像環儀說的，既然是沒有道理的事，那麼大家當然不會特別執著於答案。

對我來說像這樣把一個人的感情拿來當作排解無聊的話題是件殘忍的事，但大多數的人卻無關緊要，到了最後我也只能若無其事的扯動嘴角，不要有更多的涉入，這是讓話題淡卻的最佳方法。

總之除了當事人，在一段時間後大家都會忘得一乾二淨，不管當初多麼熱烈的討論，反正是打發時間的話題，不會有人有過多的留心。

「真可怕。根本像是為了好玩所以把某個人捆綁起來扔到操場中央，結果中途感到無聊或是找到其他更有趣的事情之後就把躺在操場中央的人拋諸腦後，完全忘了有個人還拚命的以蠕動的姿勢想盡辦法離開操場。」

「因為是其他人的事，無論多麼殘忍都跟自己沒有關係，反正人都想著『這種事不會輪到我』，等到自己成為主角之後卻又大喊『你們這些殘忍的人』，這就是世界最有趣的地方。」

「哪裡有趣？」

「整體。」

「不要理你。」

「那就滾。」

「這也不要理你。」

我和環儀拉了椅子坐在韓颯對面，這裡是很好的避風港，韓颯的周圍像是設下結界一樣，雖然他屬於冷淡的類型但不是驅逐人的那種結界，而是散發著「無聊事不要拿過來」的強烈意念；但高中生的生活中大部分都是無聊事，所以韓颯身旁通常很寧靜。

「但我總感覺有點抱歉，雖然記不太住他的臉，但他的落寞鮮明得簡直就像哪個人躲在我腦袋裡持續按著重播鍵一樣。」

「需要我替妳把腦袋打開檢查嗎？」韓颯冷笑了聲，「啊、大概會很失望吧，耗費大量力氣剖開，結果發現裡面空無一物，不僅是沒有重播鍵，而是什麼都沒有。」

「你這種人，難怪能面無表情的拒絕別人的告白。」

「是我拜託哪個人來喜歡我嗎？自己的感情自己負責，這是常識。」

常識。

我感覺自己的呼吸在這兩個字之後變得細而淺長。

韓颯說的話沒有錯，看看璟儀假裝對數學考卷很有興趣的模樣就是最好的證明，我像缺乏氮氣的疲軟氣球趴在桌上，靠得太近的字糊成一片，我的胸口像是卡進微小的刺，雖然沒有大礙但卻無法輕易忽視。

「騙人。」

「什麼騙人？」

「原來喜歡是這種若有似無的痛，而不是幸福感。」

「季妍，妳好像搞錯了耶，現在是對方喜歡妳，不是妳喜歡他喔。」

「好像也是。」

「可以不要在我面前進行沒營養的對話嗎？」

無視他就好。

「季妍沒有喜歡的人嗎？」

我搖了搖頭。稍微想了一下。「但是有覺得在意的人。」

「真的嗎？」璟儀幾乎彈跳了起來，「我怎麼都不知道？」

「因為妳沒問過我啊。」

「那我可以知道是誰嗎？」

「嗯。」我坦率的點了頭，璟儀瞪大雙眼的認真模樣連身為女孩子的我都覺得很可愛，「不過要保密。」

「一定。」

「韓颯。」

「快點啊，韓颯你也快點說你會保密。」

「不關我的事。」

「季妍我們就當韓颯答應了，我準備好要聽了。」

「不是啦。」我輕輕的揚起笑，稍微將身子往後移，雙手先壓住了耳朵，「韓颯。是韓颯啦。」

沉默。

接著是璟儀失控的大叫。

這次韓颯沒有制止她，而是用著意味深長的眼神緊緊盯著我，像是為了判斷我話意的真偽；偶爾我會覺得韓颯的生活方式很累，他總是想得很多，更糟糕的是他很聰明，所以可以考慮更多其他人根本想不到的事。

站起身我若無其事的往回走，但韓颯突然拉住我的左手，他的唇抿得比平常更緊。璟儀睜大雙眼像是屏住呼吸般小心翼翼的注視著我們。

結果覺得不那麼重要的好像只有我一個。

「只是在意啊，但跟我來往最密切的男生也就只有韓颯了，說不定兜了一圈之後發現只是對朋友的在意而已，所以我沒有想太多，你也不要想太多，」我轉身戳了戳似乎受了不小驚嚇的璟儀，「妳也不要小題大作。」

韓颯鬆開了手。

手腕上的某塊區域殘留著異樣感，不單單是溫熱，還有種難以說明的延續，我和他對望了幾秒鐘，韓颯當然不會給出任何說明，但璟儀突然下了其他註解。

「季妍，妳還是多認識一些男生比較好。」

「好像也是呢。」

我拉了拉書包背帶，一邊猶豫著到底要不要把外套脫下，隨著移動逐漸升高的溫度讓人感到有些不適，但便當盒和美術用品已經佔用了我的雙手，比起喜不喜歡哪個人，此時此刻的掙扎對我而言才是大事。

還是把外套脫掉好了。

才剛以奇妙的姿勢甩掉左邊的衣袖，我就看見坐在公園長椅的韓颯，他有些不情願的皺起眉但還是朝我走近，接過了我手上的東西。

總算是把外套脫下來了。我舒坦的吐了口氣。

「謝啦。」

韓颯把書包扔回給我，但還是提著便當盒和美術用品，雖然他老是用著一副比所有人都還要早看透人生的姿態，冷言冷語的說些惡毒的話，但其實韓颯很溫柔、也有孩子氣的一面；他好像默默背負了很多事，但我沒有問，因為韓颯沒有想說的意思。

「等很久了嗎？」

「我沒有在等妳。」

「小蔓姊姊這星期會回來嗎？」

「會，所以妳不要來我家。」

「小氣鬼。」我伸手拉著韓颯的書包背帶，「排除萬難我也一定會去。」

「妳不要想踏進我家的門。」

「我會拜託小蔓姊姊幫我開門。」

「哼，妳以為我們家小蔓會選妳還是我？」

「不然我爬窗戶進去。」

「妳確定妳爬得上去嗎？」

「我的腿比你想像的還要長很多，所以你不必替我擔心。」

「不要離我那麼近。」

「沒辦法誰叫我的腿很長。」

我和韓颯有一句沒一句的說著話，他根本不像表現出來的那樣冷淡，只是他似乎不容許自己孩子氣，於是壓抑著自己的情緒，像是特意穿上「我很堅強」的外衣，牢牢緊緊的穿著，沒有一秒鐘可以鬆懈。

這樣很累。但小蔓姊姊說這不是一天兩天能解開的結，所以拜託我多陪韓颯玩耍，她千真萬確是用「玩耍」這兩個字，這麼一想我還挺盡責的。

「欸，我今天跟你告白了耶，你要不要表示什麼？」

「我拒絕。」

「都不怕我哭喔？」

「不可能因為怕妳哭而不拒絕妳，」韓颯瞄了我一眼，「何況我才不在意妳哭不哭。」

「我好難過。」

「去找羅璟儀，不要成天煩我。」

「誰叫我們家住那麼近。」

「滾回去。」

「什麼？」

韓颯決定放棄言語直接把便當盒和美術用品塞進我的懷裡，不知不覺就走到我家門口了，他連再見也沒有說就轉身往回走，我嘟起嘴輕輕哼了一聲，真是沒有禮貌的傢伙。

他的身影右拐之後便消失了。

我不知道韓颯經過他腦袋裡特別複雜的思考之後得到了什麼結論，分辨細微的情緒波動不是我擅長的事，就連我自身的感情也一樣。

在其他人眼底我似乎是離喜歡很遠的類型，無論是喜歡誰或者被誰喜歡，都好像跟我沒有任何關係，璟儀問我有沒有喜歡的人也像是隨口問問，於是我突然心血來潮有了惡作劇的念頭。

這樣韓颯和璟儀絕對會嚇到。

抱持著這樣的心態我拋出韓颯的名字，我很清楚韓颯一定會冷冰冰的拒絕，但真的被拒絕之後，心臟的位置像是被卡上非常細微而我無法理解的什麼。

真複雜。

我連韓颯有沒有當真都搞不清楚。

一邊想著我的雙腿自發性的移動了起來，沒有多久就走到韓颯家門口，不用五分鐘的路程，我沒有按門鈴而是走到右側的窗戶，我將頭探近了些，可以清楚看見坐在沙發上看書的韓颯。

「韓颯，開門。」

他抬起頭，隔了幾秒鐘後做出不耐煩的表情。

大概是為了配合我的理解力，韓颯對我展現「負面態度」前總會停頓幾秒鐘，彷彿在確認我「不會真的相信他有那樣的感情」之後才扔出來。連這種事都要考慮這麼多。我真不懂韓颯為什麼要把自己搞那麼累。

韓颯以不適合他的粗魯方式將門拉開。

「做什麼？」

「你到底有沒有相信？」

「相信什麼？」

「我喜歡你的事啊。」

「就為了說這個？」

「這很重要啊。」

「哪裡重要？」

「不重要嗎？」

「回去。」

韓颯不由分說的關上了門，一貫的不禮貌，我瞪了咖啡色門板好一陣子，暫時放棄了門鈴也不打算嘗試破門而入，而且右邊還傳來窗戶被關上的聲音。

拒絕。

我一邊踱步一邊想著這件事。

對於韓颯各式各樣的拒絕我從來就沒有在意過，要找一個比喻的話，他簡直是以「拒絕」作為內容物被密實填滿的存在，但有哪邊透露著細微的差異，介於無感地震和有感地震的邊界般的程度。

「難道我對韓颯的喜歡是另一種喜歡嗎？」

我晃了晃腦袋。

「真複雜。」推開門我如釋重負一樣把身上所有東西放到沙發上，「大概也不重要，反正已經先被拒絕了就不需要浪費力氣考慮了吧。」

只是事情似乎沒有我想得那麼乾淨俐落。

我不發一語的注視著站在我面前的女孩子，及肩的黑髮綁成偏左邊的高馬尾，隨著她說話的動作一晃一晃的，不必仔細聽就能明白內容，我從她手上接過留有她淡淡溫度的粉綠色信封，POP 字體般的筆跡寫著「韓颯」兩個字。我有些莫名的煩躁。

「謝謝妳。」

「我可以問一個問題嗎？」

「什麼問題？」

「妳為什麼可以這麼肯定自己就是喜歡韓颯呢？」

女孩像是沒有預料一樣愣住了。接著像是試圖釐清問題的本身，我不知道她導向了什麼方向，但表情突然沉了下來，露出明顯的不悅。

「妳想說我只是跟其他女生一樣崇拜韓颯，所以才跟他告白的嗎？」

「不是這樣。」我不自覺皺起眉，「我單純只是——」

但她沒有打算聽完，她不需要我的解釋，總之她相信著某些不管存不存在於現實的答案，於是她幾乎是氣憤的搶回我手中的信封。

信封的邊緣猛地刮過我的掌心，留下尖銳的疼痛感。

「不想幫忙就算了，妳成天膩在韓颯旁邊以好朋友的身分自居，還像經紀人一樣經手所有人的告白，這樣很有優越感嗎？想對其他人說對韓颯而言妳是特別的嗎？」

特別的。

這三個字丟到我身上時帶著某種異質性的觸感。

她沒有留給我回答的餘裕便氣憤的擦過我的肩離開，但我想就算她多給我十分鐘或者二十分鐘，我可能也找不到恰當的回答。

不是這樣的。

結果大概也只剩下這句會令對方感到辯解一般的回應吧。

「怎麼了嗎？」

「什麼？」

「剛剛看見五班那個女生好像很生氣的樣子，」環儀像是在斟酌用詞一樣稍微停頓了下，「發生什麼事了嗎？」

我有些無力的搖了搖頭。

「不知道，大概是我說的話刺激到她了。」

「如果不想幫她送信的話，拒絕是應該的，妳不用太在意。」

「不是那樣。」

環儀大概對我的玩笑沒有絲毫的懷疑，我應該解釋的，像平常一樣爽朗的對她說「那天說在意韓颯只是惡作劇啦」，接著一切又會回到起初的軌道上，輕輕鬆鬆的就能把錯開的東西放回原處；但我沒有，話湧上了胸口卻又嚥了回去，只是又輕輕搖了一次頭。

鐘聲響了。

我想起這節是體育課。

「我身體不舒服，可以幫我跟體育老師請假嗎？我想到保健室。」

「需要我陪妳一起去嗎？」

「沒關係。」我扯開了淺淺的笑，「我只是想睡一覺而已。」

璟儀沒有多問，理解的點了頭。

接著她快步跑往操場的方向，我停了一段時間才緩慢的往保健室移動，怎麼會這樣呢？為什麼人總會不知不覺的說出謊言呢？我不想欺騙璟儀，也認為她值得信任，儘管如此還是撒謊了。

我暫時不想見到韓颯。

只是這樣而已。

但我的身體裡面有另一個人警告著我，這種話不能輕易的說出口喔，一旦說出口就會讓現實變得更複雜。而且是各式各樣的複雜裡最複雜的那一種。

我用力的吐了口氣。

只是不管多麼用力都沒辦法把體內真正想消除的東西擠出去。

「妳就是趙季妍嗎？」

「怎麼了嗎？」

「很普通嘛。」

「什麼？」

「妳啊。」

才剛要踏進保健室就被陌生的聲音止住腳步，對方以相當認真的表情審視著我，審視，確實是這樣沒錯，我斂下表情，冷冷的瞪視著他。

但對方一點動搖也沒有。

「要去保健室嗎？」他絲毫沒有初次見面的尷尬感，非常熱絡的拉起我的手，「一起進去吧。」

遲了一秒我才甩開他的拉扯。

「你做什麼？」

「不是要進去嗎？」他用著很坦率的表情看著我，無所謂的聳了聳肩，「我實在一點也搞不懂女孩子。」

「你才莫名其妙。」

他很乾脆的把我甩在身後，逕自踏進保健室，這時候繼續移動簡直像跟在他身後一樣，但我找不到第二個選項，只好心不甘情不願的走進保健室。

迎面而來的畫面讓我下意識皺起了眉。

保健老師正拿起生理食鹽水沖洗著他的傷口，在膝蓋的位置有個相當大的裂口，看起來很痛，不、傷口本身簡直就舉著「痛死了」的旗幟，但他卻還有心情朝著我扯開笑。

「怎麼了嗎？」

保健老師一邊替他消毒，一邊問著我，我的腦袋有短暫的空白，準備好的理由是生理痛，這種沒有辦法被檢驗的個人性理由百分之百會通關，但我抿著唇一個音也發不出來，雙手下意識的壓住腹部，保健老師意會般的點了頭。

「妳先去床上休息，我等一下拿熱敷袋給妳。」

「好。」

我跛拉著腳步往最遠處的床走去，猶豫了幾秒鐘還是乖乖脫了鞋爬上床，但才將毯子攤開一半就傳來男孩恍然大悟一般的感想：「原來就是生理期才會那麼奇怪。」

「不關你的事。」

「對女孩子說這種話不禮貌。」保健老師抬起手輕輕敲了他的腦袋，「這是男孩子沒辦法體會的難過，你們應該要更體貼一點。好了，回去上課吧。」

「我不想上歷史課。」

「跟我說也沒用。」保健老師甩了甩手，催促他趕快離開，「快點回去，你待在這裡人家沒辦法好好休息。」

「我也可以在旁邊安靜的睡覺。」

「快點回去。」

他扯開青春期男孩特有的嬉鬧燦笑，沒有打算繼續耍賴，但他用著略顯緩慢的步伐移動到我面前。停駐。又用著一臉認真端詳著我的臉。

甚至他伸出手捏了捏我的右臉頰。

我用力拍開他的手，真是莫名其妙，我壓根不認識這個人，他從頭到尾也沒有給出說明之類的東西，一直自說自話，還擺出無辜的小狗微笑。

「你到底想做什麼？」

「還是看不出來哪裡特別啊。」

真讓人不爽。

差一點我就把熱敷袋砸向他了，但在失控的邊緣閃現他膝蓋傷口的畫面，好不容易我沉住了氣，不想和他有更多的對話。

「走開。我要睡覺。」

他點了點頭，在他轉身之際我聽見韓颯的聲音，我的手不自覺揪緊毯子，抬起眼恰好迎上韓颯平淡的雙眸，他沒有特別的表情起伏，就只是走到床邊，然後坐下。

男孩不知道什麼時候已經離開保健室。

「為什麼會來這裡？」

「羅璟儀很吵。」

「體育課呢？」

「自由練習。」

「是喔。」

韓颯簡短的說完便將身體靠往牆上，安靜的闔起眼。

大概是璟儀要求他來探視我，但不願意的事他絕對不會妥協，我偷覷著他靠在牆邊假寐的側臉，換成其他女孩韓颯也會來嗎？

不會。大概。

也許就是這樣一點一點微小的差異逐漸積累，才會讓我偶爾有了「自己是特別的」錯覺，但那說不定只是因為我和他認識的比其他人稍微久了一些，更重要的是小蔓姊姊交代他必須和我好好相處，那麼那之中包含了多少他個人的意願呢？

我甩了甩頭。以前不會想這些的。

然而一旦在哪裡產生了細微的動搖，就彷彿即將面臨無法站穩的窘境而拚了命的找尋穩定的方法，真的是翻箱倒櫃的那種找法，只是不管從中找到了些什麼，翻找的動作本身反而讓搖晃顯得更加劇烈，說不定身旁的人也會跟著一起摔倒。

「韓颯。」

「做什麼？」

「雖然一開始是打算開玩笑，但認真思考這個問題之後，我發現我不知道自己到底是不是喜歡你，沒辦法很乾脆的肯定，但要否定卻又感到遲疑。」

「所以呢？」

「你覺得我喜歡你嗎？」

「這跟我的個人意願沒有關係。」韓颯似乎用著比平常更輕緩的口吻，但我不是很確定。「既然兩邊都不肯定，就意味著兩邊都有可能是答案，或者兩邊都即將成為答案，那麼妳只要憑著個人意願選擇要走的方向就好。何況我的回答已經先給了，就現實面來說，妳還是選擇另一邊比較輕鬆。」

「不要喜歡你比較好的意思嗎？」

「我無所謂，我只是說這樣妳會比較輕鬆。」

「反正你都會拒絕。」

「嗯。」

「韓颯有喜歡的人嗎？」

「沒有。但有沒有空位跟那個空位會不會是妳，沒有任何關係。」

「可是聽你這樣說我好像有點難過。」

「就算被自己不喜歡的人這樣說也會感到難過。」

「也是。」我吁了口長長的氣，「韓颯——」

「不要吵我睡覺。」

「你是來看我的吧。」

「妳搞錯重點了，是羅璟儀很煩。」

「所以你也是因為小蔓姊姊要你和我好好相處才對我好的嗎？」

「我沒有對妳好。」韓颯有短暫的停頓，「而且小蔓不會要求我做討厭的事。」

真是迂迴。

但好像讓人有點開心。

我凝望著韓颯長長的睫毛，尾端彷彿沾上日光一樣閃動著光芒，我和韓颯獨處的機會很多，這卻是我第一次如此仔細的注視著他；好像有哪裡不同，在我面前的韓颯，以及我印象底層的韓颯。

「我果然不擅長分辨太細微的事情呢。」

韓颯的睫毛似乎輕輕顫動了一下。又或許沒有。

「韓颯。」

我以文弱的音量試著喊了下，但他沒有回應，也沒有任何移動。

大概是錯覺吧，我想。

「我送妳回家吧。」

「不需要。」

「沒關係那我走在妳旁邊好了。」

「你到底想怎麼樣？」我停下腳步轉身面對他，「再說，我根本不認識你，也沒有認識你的打算。」

「啊、好像是這樣沒錯，」他揚起過於燦爛的笑容，融在夕陽餘暉之中簡直是刺眼，「我是七班的許穹毅。」

「我說了不想認識你，所以不要跟著我。」

「沒辦法呢，我的個性就是對某件事感到好奇就會設法找出答案來。」

「你究竟在說些什麼？」

「阿皓真的很喜歡妳喔，整天都把妳掛在嘴邊，季妍的眼睛黑黑亮亮的像單純的嬰兒一樣、季妍走路的時候長髮甩動的弧度很有魅力、季妍笑起來的時候像整個地球就只剩下快樂而已、季妍說話的聲音非常好聽……還有其他的我記不得了，總之他只要一有空就拚命抓著旁邊的人說妳的事，雖然他這樣的狀況也有過幾次啦，不過被拒絕之後又哭又請假這是第一次啊，所以才讓人好奇得不得了。」他稍微蹙起眉，「但我怎麼看都很普通。」

普通。

這個人似乎很擅長勾起別人體內的不快，而且不需要醞釀，像扔出汽油彈般瞬間就能燃起熾烈火光。特別是他的坦率的笑，簡直是怕火燒得不夠旺盛又熱心的添進一大桶燃油。

「我知道我很普通，從小就知道，所以不需要你一遍又一遍提醒我。」

「對吧。」

——對吧？

對吧對吧對吧。這兩個字反覆攪動著我的思緒，好熱，我幾乎分不清強烈的熱到底來自於熱燙的空氣又或者體內的火氣。

對吧。

我今天一定會做被這兩個字追著跑的噩夢。

「走開啦。」

「可是這樣我又有其他的好奇了呢。」

不想理他。

綳緊表情我繞開他乾脆的往前走，但他的身體組成裡似乎沒有「放棄」這個概念，我加快步伐他也跟著加快，帶著一種「雖然不知道盡頭在哪但我絕對會跟到底」的氣勢，壓迫著我的精神。

但不知怎麼的卻有種違和感隱隱約約的扎著我的思緒。

我瞥了他一眼，他行走的姿勢顯得有些勉強，對了，他的膝蓋有條怵目驚心的裂口，不應該再這麼劇烈扯動。想到這點就讓人沒辦法不在意。

心軟是我最大的致命傷。

雖然這也是小蔓姊姊硬是把韓颯塞給我的理由。

從前我很討厭韓颯，非常討厭，面無表情又難相處，一開口又淨說些刺中人痛處的話，雖然對長輩很有禮貌，偶爾也會擺出適當的微笑，對我卻連基本的假裝也不肯費力；我以為自己這輩子跟韓颯絕對不會有所謂良好的互動，只是現實的走向永遠在我的預想之外。

小蔓姊姊突然向我坦露韓颯的成長過程。

從孤兒院被領養，溫柔的養父母卻相繼過世，在最敏感的時期再次被帶到不熟悉的新家庭裡，她的口吻非常輕描淡寫，韓颯經歷過的一切小蔓姊姊也同樣身處其中，但她的描述法卻彷彿承受苦痛的只有韓颯一個人那般；她將手輕輕疊放在我的手背上，這是我和她第一次的肢體碰觸，冰冰涼涼的觸感讓故事般的內容瞬間有了實感。

「為什麼要對我說這些？」

「嗯，因為覺得妳不會丟著韓颯不管。」

「我很討厭韓颯，真的很討厭。」

「這我知道。」小蔓姊姊無所謂的聳了聳肩，「不過小颯很可憐喔，比妳平常餵的流浪貓、甚至比妳邊看邊哭的偶像劇主角還要更可憐喔。」

「可是……」

「下星期我就要去台南念書了，小颯身邊說不定就空蕩蕩的了，雖然香蘭阿姨很疼他，但是在小颯的世界裡，我永遠都是最重要的那一個，已經夠可憐的小颯又得和我分隔兩地……大概小颯生命中註定得面對許許多多的分離與失去吧。」

小蔓姊姊自顧自的說完之後就離開了。連告別也沒有。但開學第一天韓颯卻在途中等我。

「幹麼？」

「小蔓要我送妳回家。」

大概從那天起，我就已經沒辦法討厭韓颯了。因為覺得妳不會丟著韓颯不管。如同小蔓姊姊的預言，我開始看見不一樣的韓颯，沒有惡意的、迂迴的韓颯。

說起來我好像總是被這對姊弟吃得死死的。

總之我的心軟一直找不到適當的治療方法，所以那始終是我的毛病。

我的良心沒有給我選擇權，只能停下來面對他。

「你的腳不是受傷嗎？」

「對啊，所以很痛，超級痛的。」

「你是笨蛋嗎？」

「當然不是。」他毫無猶豫的反駁，「但我一開始說了要送妳回家啊，本來就這麼打定主意了，所以不能半途而廢。」

「我不需要你送我回家。」

「但是妳今天不是身體不舒服嗎？覺得讓妳一個人走好像很危險，我是不知道啦，但班上的女生說有時候會痛到在地上打滾，萬一妳突然發作就糟糕了。」

我有些無奈的吐了口氣。

一個簡單的小謊所能牽扯出的連帶作用誰也不能夠預想。

「比起那些，你的腳傷得更重吧。」

「不用擔心啦，晚上我爸會帶我去醫院。」

「都到了這種程度你還有心情擔心我？」我煩躁的撥了撥瀏海，「你家在哪？」

他指了反方向。

「離學校十五分鐘左右。很近。」

「算了。」我伸手抓過他的書包，他有些納悶的看著我，「書包我拿，直走，你不要想搭我的肩膀。」

「我的書包很重耶。」

「閉嘴，我不想跟你說話。」

「沒關係，我慢慢研究就好。」

到底要研究什麼？

不要問。我一點也不想知道他的腦袋裡究竟在轉些什麼。

走近公園時韓颯正翻著英文雜誌打發時間。

抬起眼他來回看了我和許穹毅，帥氣的闔起雜誌接著收進書包裡，絲毫沒有探問的意思，他站起身，動作流暢得讓人感到佩服。

接著他的移動從右腳作為起點。

「走慢一點啦。」

「為什麼？」

「他腳受傷了。」

「是喔。」

儘管如此韓颯一點也沒有放緩的意思，有旁人在的時候（尤其是不熟悉的人）他的表現會比平時更加冷硬些，我伸手扯住他的背帶，他一臉厭煩的注視著我。

真是的，我才搞不懂這些男孩子咧。

「你就是韓颯嗎？」

我右邊的男孩唇畔滑出輕快愉悅的提問，左邊的男孩理所當然冷淡的無視，這種問題我來回答似乎也可以，不是為了替右邊的男孩解答也並非由於體貼。純粹是尷尬。

「嗯。」我最低限度的應了聲。

「阿皓說你很帥氣，而且很崇拜你，常常說『如果我能像韓颯一樣就好了』。」許穹毅認同的點了點頭，「這個就容易理解了。」

他是什麼意思？

沒想到他的感想還沒結束，黑亮的雙眼認真的注視著我，明快的尋求我的附和：「對吧？」

又是這兩個字。

我不自覺扯緊了韓颯的背帶，他側過頭冷冷的瞪了我一眼，我有些心虛的鬆開手，但他並沒有加快速度，以一步的距離走在我的左前方。

「你們在交往嗎？」

「什麼？」

「因為一起回家啊，他看起來也不像會送同學回家的樣子。」許穹毅並沒有探究的意思，單純只是整理「他所理解」的狀況，「不用那樣瞪我啦，我對這種事沒什麼興趣，也不會告訴其他人。」

「不是，不是你想的那樣。」

「妳這樣搖頭脖子不會痛嗎？」

「現在是考慮脖子的時候嗎？」

「嗯？」他的臉上突然湧現納悶，「好像真的不是耶，他沒有說再見直接回家了，啊、原來只是順路。」

轉過頭時我恰好瞥見韓颯踏進門並且將門關上的畫面，這是他第一次沒有送我到家門口，大概因為許穹毅的緣故；儘管我時常摸不透韓颯的心思，但他對我的掌握度說不定比我自己還要高。

韓颯打從一開始就猜到了我的想法了吧。

「我家到了。」

「原來這麼近啊。」

「在這裡等我。」

「欸、我的書包——」

沒有理會許穹毅的叫喊，我逕自走進家門把所有的東西扔在門邊，只抓著他的書包再次走出去，左轉，把不知道裝了什麼而重量感十足的書包塞進腳踏車籃子裡，有些重心不穩的將車牽到外面。

「上車。」

「為什麼？」

「回你家啦。」

「為什麼？」

「不要一直問為什麼好不好，快點上車啦，我還要回家吃飯。」

「如果妳回來突然又肚子痛怎麼辦？」他認真的皺起眉，「不要，妳快點進去。」

「你很煩耶，我的生理期還沒到啦。」

「那妳今天為什麼——」

「想蹺課啦。」我兇狠的瞪著他，「你再不上車我就踹你的傷口。」

「好可怕，阿皓一定沒看過妳這種表情。」

「還有，你再提一次那個什麼阿皓的，我就直接用腳踏車撞你。」

許穹毅相當不合時宜的笑了，我沒有打算理解那笑容的涵義，撇了撇嘴以眼神催促他上車；這次他沒有推辭而是乾脆的跨上後座，車身忽然一陣搖晃，我花了很大的力氣才穩定住。

深呼吸。

要踩了喔。

但後座的傢伙又打亂了我的節奏。

「妳真的會騎腳踏車嗎？」

「會啦。」

「可是腳踏車一直晃耶。」

被說中了。

不要回頭也不要理他就好。只是踩踩踏板、稍微維持平衡而已沒什麼好擔心的，我當然會騎，嗯、我又對自己強調了一次。雖然從來沒有載過人，但人生總有第一次，後座那傢伙應該對這珍貴的經驗感激涕零。

「你不要亂動啦。」

「我沒有動啊。」他的身體往前靠了一點，彷彿是想要把頭探到前方，「而且我一隻腳還幫忙固定住。」

「就是因為你踩住所以才騎不動啦。你到底要不要回家啊？」

「我膽子很大可是現在還是覺得很恐怖耶。」

「許穹毅。」

「好啦，反正我晚上都要去看醫生了。」

「閉嘴啦你。」

接著他好不容易抬起腳，車身當然又一陣劇烈搖晃，什麼都不要想，撐住腳踏車就好，對，一下兩下三下的踩穩就好，終於，我鬆了一口氣，就說了也沒那麼難嘛。

「我第一次遇到不會騎腳踏車的人耶。」

「不然我現在是在做什麼？」

「也是喔。」許穹毅又開心的笑了，儘管我跟他只認識短短幾個小時，卻能強烈感受到他強韌的開朗性格，「前面的路口要左轉。」

左轉？

我沒料想到有轉彎這件事。

有些緊張的握緊了手把，我身旁的所有同學和朋友都能順暢的騎腳踏車沒道理我會出問題，深深吸一口氣，溫熱的風撲打在我裸露的肌膚上，我開始默數：一、二、三。

然後摔倒了。

「啊——」

沒有時間慘叫，我飛快的爬起身、抬開壓在許穹毅身上的腳踏車，正常來說一定會被抱怨，不然也會聽到一句兩句的諷刺，於是我有些膽怯的瞄向還坐在柏油路上的他，結果迎上的卻是我預想之外的畫面。

他在笑。

而且笑得很開心。

「笑什麼啦？」

「妳真的不會騎腳踏車耶。」

「閉嘴啦。」我以沒有殺傷力的方式瞪了他一眼，「還不快點起來。」

「我爬不起來。」

「什麼？」

我過於遲鈍的意識到他的傷，甚至停頓了幾秒後才發現方才車身不偏不倚的壓在他已經夠悽慘的傷口上，我用力的咬著唇，大量的不知所措湧上了我的腦袋；我趕忙趨前攙扶他，許穹毅的重量比我以為的還要重一點，好不容易站穩身子我卻不敢鬆開手，什麼溫度什麼熱甚至男的女的這些問題盡數拋諸腦後，因為現狀完完全全超出我的負荷。

許穹毅的褲管濕成一片。

「都流血了為什麼還不說？」

「怕妳哭啊。」

「我哭不哭是現在的重點嗎？」

「我覺得很重要啊。」差一點我就搞不清彼此的立場了，許穹毅伸手摸了摸我的頭，「我不喜歡女孩子哭。」

「我才不會哭咧。」

事實上如果不拚命忍耐我幾乎要哭了出來，特別是面對他莫名其妙的體貼，愧疚感便往更深的位置鑽。明明承受疼痛的是他，得到安慰的卻是我。

最後像是要模糊現狀般，許穹毅開始說起無聊的冷笑話，我們決定暫時擱下腳踏車由我扶著他回家，腦袋稍微冷靜後才發覺兩個人貼靠在一起的姿勢有多麼曖昧，儘管不是想這些的時候，腦細胞卻違背我的意志拚命處理著這類相關訊息。

「妳知不知道世界上有三種人？一種是會算數的人，另一種是不會算數的人。」

「那第三種呢？」

許穹毅開始不客氣的大笑。

愣了一陣子我才理解他的話意，真是的，生氣的瞪了他一眼，但他還是在笑，而且越笑越誇張。

「你家在哪啦？」

「早餐店對面那裡。」

又花了幾分鐘我們終於抵達了。

這段路途還真是長。

許穹毅按了門鈴讓家人出來扶他，這時候我再一次意識到他有多嚴重，覺得應該道歉卻不知從何開口，最後先劃開破口的依然是許穹毅。

「不用擔心啦，我身體很好，沒幾天就痊癒了。」

「我才沒有擔心你。」

「那就好。」

才不好。我擔心得要死。但正想要說些什麼，看起來像是許穹毅哥哥的人走了出來，我哥，果然他這傢伙這麼對我說。

「謝謝妳送這傢伙回來。」

「沒有，我只是……」

「妳快點回去，天快要黑了。」

「嗯……」

他仍舊以愉快燦爛的表情朝我揮了揮手，我只能扯開嘴角轉身往回走，我踩著自己的影子，終於得以安靜之後一股難以說明的鬱悶感也悄悄竄進我的體內。非常鬱悶。

不用擔心。

許穹毅輕快的嗓音滑過我的耳畔，我用力的吐了口氣，但這樣的舉動並沒有讓我感到輕鬆，反而像是被更多的鬱悶包覆一樣。

接著我又想起了他剛剛說的冷笑話，不經意笑了出來，真是，大概全世界最不擔心的就是他自己了吧。

04

我體內的鬱悶簡直到了快要爆表的程度，煩躁的耙了耙已經不很整齊的頭髮，一下頹喪的趴在桌上一下又感到有股強烈的趨力迫使我爬起來做些什麼，但事實上我也不過就是來來回回的趴下爬起而已。

「季妍，妳怎麼了嗎？」

「好煩好煩好煩吶——」

一向睡得相當好的我昨晚卻輾轉反側，許穹毅以及與他燦笑不搭嘎的撕裂傷，彷彿夢魘一般貼附在我的腦袋裡，非得確認不可，這個意念強烈到幾乎衝出我的身軀，好不容易踏進了校門，卻在迂迴的探問之後得到了最讓人心神不寧的答案。

——許穹毅請假了。

好像是因為昨天踢球時受的傷。關於他請假的理由我也一併獲取了。於是我陷入了一種不知道該說是「心懸得老高」又或者「心跌到了谷底」的狀況。

但璟儀不可能明白我曲折複雜的心路歷程，而以稍顯稚嫩的嗓音拋擲出另一顆確實讓我灰飛煙滅的原子彈。

「沒準備英文小考嗎？」

「什麼？」突然間我整個身體像石化一般僵在原位，「妳剛剛說了什麼，可以再說一次嗎？」

「英文小考啊。」

「那是什麼？可以吃嗎？」我像目睹了達斯布雷龍將走廊踩破並且朝我逼近般瞪大了雙眼，關於現實的記憶終於如潮水般撲打而來，同時如同瘋狗浪將我吞噬。

「我都忘了有這件事……」

「不會吧？」

「就是會……」

「還有兩節下課時間，現在念說不定還來得及。」璟儀的鼓勵話語跟臉上的表情完全處於兩個不同世界，「妳一定可以的，要相信自己的潛能。」

「放棄這個世界比較快。」

韓颯總是能在最適當的時刻插進最不適當的話語。

「韓颯你不要打擊季妍的信心啦。」

「光憑信心是沒有用的，那傢伙哪次不是自信滿滿的失敗？」

真是無情的評語。

但換個角度想，韓颯大多時候都能洞燭機先，儘管我設法悉數擠出身上的腎上腺素或者腦力、潛能之類的東西，依然沒有多大效用；但樂觀一點來看，繳交相同的學費，我很划算的得到了老師比較多的關愛。關愛到連回到辦公室也希望我能待在她身旁。

只是得到某個人較多的關愛是必須付出相應代價的。

「去旁邊那間休息室把課文抄過一次。」

「喔……」

抓著課本和紙筆我拖著腳步踏進休息室，坐在內側的女生瞄了我一眼，桌上擺著相同的課本，手有一搭沒一搭的動著；通常會被處罰的並不是分數最低的人，而是英文老師總會用她奇異的鳳眼精準挑出「就是沒準備」的人。

我壓根兒沒有抗議的理由。

「欸，妳是趙季妍嗎？」

最近我是做了什麼吸引人注目的事嗎？

我沒有太大的反應，只是簡單的點了點頭，沒想到對方居然將身體和課本挪了過來，接著目中無人的瞅著我。

「很普通嘛。」

又是這句。

鼓起嘴我加快抄寫的速度同時無視左手邊的女孩，殊不知她更加得寸進尺的靠近到幾乎要貼上我的程度，用著相當灼燙的目光，刺人的盯視著我。

「妳到底想做什麼？」

「想看妳到底有什麼特別的地方。」

「沒有，我身上沒有妳要找的什麼特別的東西。」

她居然肯定的點了兩下頭。

我怎麼有種「能猜到她接續話語」的預感？

「對吧。」

「對啦對啦對啦，既然得到答案就離我遠一點。」

「可是第一個問題獲得解答反而讓第二個問題更難以找到答案了。」

「那就乾脆的放棄，這世界上大多數的問題都得不到答案，所以不要過度糾結，把力氣花費在更有意義的事情上比較好。」

「雖然這麼說也沒錯。」她認同的沉吟幾秒鐘，「不過暫時也找不到其他更值得花時間做的事。」

「我有。請不要妨礙我抄課文。」

「又沒拉住妳的手。」

「不要盯著我看。」

「不看怎麼找出答案？」

「天知道妳到底想找什麼答案，何況我根本就不認識妳，也不想認識妳。」

我突然有種強烈的既視感，而且是偏向糟糕的那種。

然而仔細思索，這並不是既視感，相似度高得驚人的場景與對話我昨天才經歷過一次，如果沒有意外的話，她接著會自顧自的自我介紹，而不會有任何打退堂鼓的意思。

「喔，我是六班的孟翎。一個令再一個羽的那個翎。」她終於想起自己還有將近一半的內容還沒完成，抬起筆她繼續動筆但沒有中斷話語。「阿皓為什麼會喜歡妳？」

又是阿皓。

為什麼我人生的「被告白初體驗」會牽扯出如此麻煩複雜的後續？

我甚至連那男孩的臉都記不得。

「我建議妳去問他本人比較快。」

「問過了啊。」她不很在乎的聳了下肩，「什麼閃亮亮的、還有讓人深深陷入的……唉啊，反正就是一些沒用的贅詞，而且聽形容根本不是妳啊。」

我的手好像有點顫抖。字體越來越凌亂。我進行了兩次長長的呼吸，盡可能過濾掉某些「過於主觀」的內容。

「如果是因為好奇的話，妳還是打消念頭比較快，雖然我不認識那個什麼阿皓的，這種話也不太適合出我來說，但喜歡一個人不需要任何理由，看見的對方也絕對跟別人不一樣。」

「我知道。但還是在意得不得了。」

「既然如此——」

「我喜歡阿皓。」

「什麼？」

「妳是他喜歡上的第三個女生，類型都完全不一樣，總之他的喜好好像有點廣泛，不過沒關係，這樣我的機會可能會大一點；只是妳跟前面兩個不一樣，她們都有一種立刻就能讓人明白『啊，阿皓大概是因為這一點喜歡上的』，妳除了好像人很好之外其餘的就很普通啊。」

「妳普通普通的到底要說幾次才甘願？」

「脾氣也不是很好。」

「妳——」終於，最後一個字，我可以解脫了。「隨便，我要回去了。」

「趙季妍。」

「又要做什麼？」

「妳沒有喜歡的人嗎？」

「沒有。」

「如果阿皓一直不放棄，妳會喜歡上他嗎？」

「我很想跟妳說『不會』，但我不知道，這種事誰也不會知道。」

「是這樣沒錯。」

她的唇畔泛開淺淺的弧度，揉合著近似於女人又帶著女孩稚嫩的顏色，孟翎沒有多說些什麼，低下頭安靜而認真的進行著抄寫；望了好一會兒她的身影，心底彷彿有些什麼隱約的浮動，淡淡的、有一種說不上來的惆悵，卻也有一種難以言喻的羨慕。

——今天我自己回家。

偷夾了一張紙條在韓颯的筆記本裡，戰戰兢兢的，雖然能以輕鬆的口吻直接對他說，卻有某種近似罪惡感的微妙分子在我心底飄動，結果我連韓颯的臉都不敢望，抓了書包就快速的往外跑。

「唉，我到底在做什麼？」

邊踢著柏油路上的小石頭，這不是我平常會走的路，跟我家反方向，中途也有數度的猶豫，但沒有辦法，無論如何我都想親自確認。

許穹毅簡直像根卡在喉嚨的魚刺，非得處理不可。

「煩死了。」

在我煩躁的甩著頭的同時，不知不覺走到了許穹毅家門口，明明記得是一段非常遙遠的路途，卻近得彷彿走了幾步就抵達一樣。

然後呢？

我瞪著門邊的門鈴，但手卻一點也沒有配合的意思，我用左手抓起右手，指間幾乎要擦過那白色按鈕，然而右手像是突然觸電般縮了回來，一切又回到原點。

我繼續瞪著門鈴。

「妳是昨天送許穹毅回來的女生嗎？」

溫厚的嗓音自我左後方拋出，我輕顫了一下，回過頭恰好迎上許穹毅哥哥的一臉平淡，我扯開了有些勉強的微笑，腦袋裡拚命轉著「適當的理由」，但他沒有遞出任何問號。

「進來吧。」

「我……」

沒有給我拒絕的空間，他流暢的開了門，以厚實的步伐踩進，接著他停在門邊，像是在等著我一樣，這時候我才想起移動的概念，緩慢的朝他走去。

「妳先在客廳坐一下，我去叫他下來。」

「好……」

我扭捏不安的坐在木製長椅的最左邊，以眼角餘光偷覷著許穹毅哥哥的動作，二樓傳來微弱的敲門聲，接著是開門的聲響，最後是頓點顯得有些不尋常的踩踏聲。

不一會兒許穹毅就以靠在他哥哥身上的姿勢登場。

「趙季妍。」

他開心的咧開嘴，彷彿他的臉上再也不會出現燦笑以外的神情了，我不自覺咬著下唇，目不轉睛的盯視著眼前兩個人的動作：許穹毅哥哥將他安置在我旁邊，約莫隔著一個人的距離，他又端了兩杯茶安靜的擺放在桌前，最後不發一語瀟灑的離開客廳。

留下我和依然咧著嘴笑的男孩。

「你……還好嗎？」

「不好，無聊死了。」

「我是說腳啦。」

「喔、沒有多嚴重啦，雖然外面的肌肉好像被撕開得有點慘，但骨頭韌帶之類的一點問題也沒有，只是我媽用很可怕的臉逼我請假才不得不請的，一個人在家超級無聊的。」

「可是你剛剛還要你哥扶——」

「我有很多好朋友，叫哪個人來載我去學校順便再送我回家就好了啊。」忽然他的笑裡混進了些許戲謔，「可是我暫時不想給妳載喔。」

「誰要載你啦。」
「妳很擔心我嗎？」
「才沒有。」
「可是我哥說剛剛妳一臉沉重的站在我家門口。」許穹毅斂下了笑，以不怎麼適合他的嚴肅表情認真的瞅著我，「趙季妍，我不是安慰妳喔，雖然昨天是摔車了沒有錯，但我本來就受傷了，不是因為妳，所以妳不要覺得愧疚。」
「才不是什麼愧疚咧，我只是、有點在意而已……」
「那就好。」
「你明天會去學校嗎？」
「我媽要我下星期再去，兇巴巴的，如果偷溜出門說不定腿會被她打斷。」
許穹毅擠出誇張的愁眉苦臉。像是要逗我笑一樣，甚至用手毫無形象的擠壓著臉部肌肉。我不經意輕扯了嘴角。
好像有點鬆了口氣。
「妳笑起來比較好。」
「什麼？」
「阿皓常常拉著我一起去看妳，妳通常都在笑，我覺得那樣比較好。」
「反正笑不笑都很普通。」

「不一樣啊，普通也有不同程度的。」許穹毅居然沒聽出我的挖苦，異常認真的進行說明，「妳笑起來的話，會排在普通的前段。」

「隨便啦。」我瞪了他一眼，乾脆的站起身，「我要回去了，你坐著就好，不要站起來。」

「趙季妍。」

「幹麼？」

「謝謝妳來。」許穹毅又笑了，各式各樣不同的笑卻都完美貼合在他的臉龐，「不然我一定會因為無聊而偷跑出去。」

「如果是這樣你媽一定會修理你。」

「所以妳算是救了我一命呢。」

「我真的要走了啦。」

「等我好了再去找妳玩。」

「我們根本不是這種關係好嗎？」

「不是嗎？」他像在思索些什麼一樣戳了戳自己的臉頰，「從今天開始變成那樣就好了啊。」

「不要。」

「是喔，那下星期再開始好了。」

沒辦法跟許穹毅溝通，我隨意的甩了甩手當作告別，抓著書包頭也不回的往外走，關上門的瞬間我深深的吐了口氣。

接著我也不知道自己為什麼忽然笑了。發自內心的那種舒坦微笑。

「韓颯？」

天色非常昏暗，於是在路燈底下的身影顯得異常突出，韓颯抬起頭，俐落的拔下耳機，流暢的站起身，接著開始行走。

我隔了幾秒才反應過來，快步跑到他身邊，緊盯著他沒有情緒起伏的側臉。

「你沒看到我夾在筆記本裡的紙條嗎？」

「看到了。」

「那你——」

「我答應過小蔓要送妳回家。每天。」

「所以你一直在那裡等嗎？」

韓颯沒有回答。但我想答案是肯定了。好不容易紓解的鬱悶心情又再度湧現，我小心翼翼的拉了拉他的書包背帶。

「不罵我嗎？」

「妳事先說過不用等妳。」

「既然如此——」

「妳不需要我等是一回事，我答應小蔓要送妳回家是另一回事，不要混為一談。」他頓了一下，「何況我並沒有在等妳。」

「韓颯你擔心我嗎？」

「沒有。」

我皺起鼻子用力扯了下他的背帶，但心底暖暖的，儘管他口口聲聲說是為了履行對小蔓姊姊的約定，但我認識韓颯大概也已經夠久了，就算沒辦法精準的分析他的感情，多少也是能感覺到他迂迴的真心。

「不問我去哪裡嗎？」

「沒興趣。」

「昨天我騎腳踏車載許穹毅回去，結果摔倒了。」

「所以說不要做超出自己能力範圍的事。」

「如果是你一定會狠狠的罵我一頓吧，可是他居然笑著要我不要擔心，結果害我整天都在擔心。」我嘟起嘴，「居然還有這種希望能被罵的時候。」

「想要我幫忙嗎？」

「不要。」我眨了幾下眼，稍微湊近他身邊，「你可以教我騎腳踏車嗎？」

「我沒教過妳嗎？」

我有些心虛的扯開笑容，擺出可憐兮兮的表情：「最後一次，真的是最後一次了。」

「我拒絕。」

「韓颯——」

「就算妳去纏著小蔓也沒用，我已經被逼著教妳兩次了，我不認為第三次會有什麼進展。」

「小氣鬼。」

「放開。」

「什麼？」

韓颯乾脆的省略言語直接拉開我的手，依然是連再見也沒有就逕自轉身往回走，大概是我今天的心緒總是處於緊繃狀態，我居然沉不住氣的跨了兩步再次拉住他的背帶。

「如果我學會了呢？」

「用這種方式我也不會隨妳起舞。」

「好，我一定要學會給你看，」我鼓起臉頰，筆直的盯望著韓颯，「到時候，你就要告訴我，你到底有沒有把我的告白當真。」

韓颯以過於沉靜的表情看了我很長一段時間，最後他再度拉開我的手。

「如果妳真的學會的話。」

05

從那天起我開始練習腳踏車。

缺乏平衡感的我以練習彌補了這一點，但每當遇上轉彎卻總是失敗，我不知道是自己真的太過拙劣，又或者載著許穹毅摔倒的畫面太過強烈，在最關鍵的一瞬我總是感到遲疑，結果錯失了最重要的時刻。

最後我又把腳踏車塞進車庫裡頭了。

三分鐘熱度。我媽總是這樣說我。只是這次我隱約感覺到不一樣，彷彿我分裂成兩個趙季妍，左邊那個因為想從韓颯口中得到答案而拚命想學會，右邊那個卻抗拒著任何可能的答案而干擾了最關鍵的瞬間。

韓颯有沒有當真很重要嗎？

我記得他也問過我類似的問題，其實我也沒辦法肯定的回答，如同他所說的，當不當真他都會拒絕，但當真或者沒有當真所給出的拒絕應該還是不同吧。

我不知道。我一點也不擅長這類詰問。

「妳在做什麼？」

「發呆。」

「是喔。」許穹毅在我旁邊坐下，如他所言，我和他莫名其妙的變成了可以隨意交談的關係了。「妳看，那裡有長得像猴子的雲耶。」

「一點也不像。」

「我覺得像啊。」

許穹毅的傷復原得比我想像的快，大概是因為身體非常健康的緣故，本來還需要扶著牆壁像玩單腳跳遊戲一樣移動，不知不覺讓人幾乎忘了他曾經受過稱得上嚴重的傷。

只是他很熱中的實行「找我玩」這件事，絲毫不顧慮他人眼光。

「那個阿皓不生氣嗎？」

「生什麼氣？」

「氣你像這樣跟我說話啊。」

「才不會。」許穹毅的口吻相當輕快，一直都是如此，彷彿他身體內完全沒有所謂的沉重感，「喜不喜歡某個人一開始就決定了吧，雖然有人說跟相處有關係，但甲跟乙做完全一樣的事，妳會喜歡甲就是會喜歡甲啊。」

「雖然是這樣，但人哪有那麼豁達。」

「反正阿皓就是不會生氣的那一種人，而且他最近好像有點移情別戀。」

「是喔。」

「會難過嗎？」

「不會。」

「之前有女生因為這樣很生氣呢，明明自己拒絕了人，卻又不能接受對方改變心意，真是奇怪。」

「喜歡本來就是奇怪的東西。」

「我小時候喜歡過一個女生，笑起來眼睛瞇瞇的，她不喜歡我，可是只要我跟其他女生玩的時候她就會生氣，從那個時候開始我就搞不懂女生了。」

「後來呢？」

「什麼後來？」

「沒有喜歡過其他人嗎？」

「感覺沒有那樣的人出現，所以我才會對阿皓『總是會喜歡某個人』這點感到好奇。」

「也是有那樣的人。」

「是啊。」

我跟許穹毅不怎麼熱絡的對話總會自然而然的停在某個點，其實人也沒那麼多話好說，卻為了不知如何面對沉默而拚命找言語填塞；我跟他之間沒有非說些什麼不可的壓迫感，和他的相處超乎我想像的輕快，雖然許穹毅有點過於樂觀，但一看見他的燦笑真的會讓人感覺「這些事也沒什麼不大了」。

抬起頭我凝望著藍天之中緩慢飄動的白雲，該怎麼說呢，方才許穹毅指的那團不明物體，越看越像一隻有著長長尾巴的猴子。

「因為想著它是猴子，所以才會越看越像猴子也說不定。」

「什麼？」

「雲啊。」我稍微偏了頭找到讓雲看起來更像猴子的角度，忽然間好像理解了什麼一樣，「說不定喜歡也是這樣，一直想著我喜歡某個人，慢慢的就真的喜歡上某個人了。」

「會嗎？」

「不知道。」

「不過只要這樣想，就會不知不覺尋找那個人身上值得自己喜歡的地方吧。」

他側過頭，將視線投注在我鼻尖，「最後對方就會散發著阿皓看見的那種閃亮亮吧。」

「所以你找到你感到好奇的答案了啊。」

「嗯。」許穹毅扯開一個有些炫目的燦爛笑容，「因為我，現在也看見閃亮亮的趙季妍了呢。」

他說什麼？

許穹毅突如其來的話語使我的思考有短暫的停擺，我怔忪的呆望著他的側臉，他本人卻彷彿絲毫沒有自覺自己幾秒鐘前才朝著隔壁的人丟出核彈，依然熱心的觀察著那朵猴子形狀的雲。

我扯著裙襬，話語擠在乾澀的喉嚨裡，眨了幾次眼後便錯失了拋出問號的時機，於是許穹毅的直述句卻在我心底化作極大的問號。

鐘聲響了。

猴子雲也已經散開到什麼也不像的程度了。

「妳不回去嗎？」

「自習課可以晚一點沒關係。」

站起身的他朝我伸出右手，屬於他的影子遮去了炎熱的日光，我不自覺將手搭上他的掌心，好熱，比瀰漫在空氣中的熱度更加直接的傳遞到我的體內；他輕輕施力將我拉起，於是我更加趨近他那彷彿能跨越所有阻礙的燦笑，努力的平衡著自己稍微失去重心的身子。

——你剛剛說的話是什麼意思？

他鬆開手，餘熱仍舊滯留在我的掌心，混著日光，我幾乎分不清熱的來源。

「對了，下星期天要來我家嗎？」

「才不要。」

「可是我生日耶，我媽會烤蛋糕給我吃。」

「你有很多可以邀請的朋友吧。」

「因為蛋糕通常不是很好吃，我媽不太會做甜點，可是她說這樣比較省，所以我哥說最好不要請朋友來。」許穹毅露出無奈卻又溫柔的表情，「妳來的話我跟我哥可以吃少一點。」

「不好吃才要我去，而且你哥不是要你不要請朋友去嗎？」

「是這樣沒錯，我也一直覺得無所謂，反正還是會跟朋友出去慶祝，但不知道為什麼就是想請妳來。」他稍微停頓了下，「反正妳星期天之前告訴我要不要來就好，我先回教室囉。」

「欸——」

許穹毅以相當快的速度溜進教室後門，我卻用著極為緩慢的腳步移動，踏進陰影時在我體內積累的熱度一口氣迸裂，豆大的汗滴從我額際滑下，好熱，遲了一步的感想沒什麼意義的竄進我的腦袋。

夏天明明就還沒到。

我將整個人泡進游泳池，只露出鼻子以上的部位，濃烈的消毒水味衝進我的鼻腔，這味道聞久了似乎會讓人頭暈，但我還是沒有改變姿勢的意思。

中間水道有個像抹香鯨般以優美姿態游著泳的男孩，不遠處的女孩像快溺水的海龜般費力的划著手，簡直像殘酷的對照組；我往女孩在的位置走去，阻止她繼續浪費力氣。

「休息一下吧。」

「為什麼都不會前進？」

「妳還是先回來練踢水比較好。」

海龜皺起非常可愛的臉，在理想與現實兩者間終於接受了現實，但在那之前，精疲力盡的海龜決定先爬上岸稍事休息。

「那傢伙上輩子是水生生物嗎？」

「大概是抹香鯨之類的吧。」

抹香鯨又以簡直是要惹人生氣的美好姿態游了兩趟，絲毫沒有猶豫便從另一邊上岸，像要跟所有人類撇清關係一樣，挑了最角落的躺椅坐下。

我想體育館內不會有人認為我們和對面的抹香鯨是結伴來的。

「跟韓颯說話的那個女生好像在哪裡看過耶。」

「女生？」

我才剛把視線移開，再次拉回對面時抹香鯨身旁確實多了個女孩子，戴著泳帽的人通常有些難以辨識，我更加仔細的看了幾眼，得到的是意想不到的答案。

「孟翎？」

「是六班那個嗎？」

「好像是。」

孟翎在韓颯身旁的位置以面向他的方式坐下，我微微皺起眉，胸口隱約浮動著悶滯感，不知道兩個人究竟在聊些什麼。我突然站起身，再次進到泳池，浸入冰涼的包覆之中，乾脆的背過身，眼不見為淨。

我到底在煩躁些什麼？

「現在是擺出這種態度的時候嗎？」

「什麼？」

「韓颯啊。」璟儀一臉嚴肅的盯視著我，「應該要過去弄清楚他們在說些什麼吧。」

「為什麼？」

「妳居然還問為什麼？妳再這麼鬆懈的話，韓颯哪天真的被搶走就糟糕了。」

「我——」

這時候我才想起來，自己根本忘了對環儀解釋，直到現在她依然直率的相信「我對韓颯有好感」，但我才剛要開口，又被另一個人打斷。

孟翎簡直像瞬間移動般從我身後冒出來。

「趙季妍。」

「幹麼？」

「來確認一下是不是妳。」

「這種事沒必要吧。」

「借我一點時間。」

孟翎以無從拒絕的強硬姿態望了我一眼，蹲在岸上的環儀腦中轉的大概是另一個宇宙，於是她用著堅定的神情鼓勵我跟上孟翎的移動。處理掉她。我希望我接收到的是錯誤的訊息。

總之我和孟翎走到了稍遠的角落。

「阿皓又喜歡上別人了。」

沒有鋪陳也沒有預備，孟翎筆直的拋出這句話，她的神情顯得相當緊繃，擺在身側的兩隻手緊緊的握著拳，像在忍耐些什麼一樣。

「這種事其實沒必要特地告訴我。」

「我知道。」她的聲音帶著隱約的顫抖，「我知道會讓妳覺得很困擾，但是我沒有辦法……」

孟翎頰邊滑下水痕，儘管融進了她身上沾有的水珠，卻清楚的散發出與消毒水截然不同的熱度，她抿著唇，以忍耐的方式流著淚。

我突然有些不知所措，畢竟這不過是我第二次和她交談。

「欸，妳怎麼了嗎？」

「失戀了看不出來嗎？」

無奈的嘆了口氣，也不知道自己能怎麼安慰她，於是我伸出手，輕緩的拍了拍她的肩膀。

結果她居然整個人撲了上來。

孟翎抓著我開始肆無忌憚的大哭，我愣了一會兒才理解這是何等尷尬的場景，附近的人不時投來探究的眼神，無從選擇我只能低下頭一邊逃避眾人視線一邊聽著她的哭泣。

她的顫抖清晰而強烈的貼附在我的肌膚，濕涼的水氣，熱燙的水氣，交互刺激著我的精神。

「哭完有好一點嗎？」

「嗯。」她胡亂抹去水痕，兩隻眼睛呈現悽慘的紅腫，「只要他說喜歡上哪個人，我就會來這裡拚命的游泳，游到連難過的力氣也沒有為止。」

「既然如此——」

「不知道，突然就忍不住，大概是自己也覺得這樣不行吧。」她稍微撇開眼，錯開兩個人的目光，「我一直都很坦白的說我喜歡阿皓，為了不要破壞彼此的關係我都用著很輕鬆的方式，像開玩笑一樣，久了之後好像全部人都認為我就是能簡單的接受所有狀況，阿皓也不會顧慮我，依然像好朋友一樣想說什麼就說，包括有多喜歡哪個女生也都不會扭捏；我沒有那麼坦然，卻沒有辦法，為了不破壞現狀只能拚命忍耐，連對朋友也故作輕鬆，可是這樣一次又一次，我總是在想，為什麼這次就不能喜歡上我呢？明明那麼喜歡他的人就在他的身邊啊……」

「喜歡這種事就是這樣吧。」

「我知道，我真的知道，可是這種事光是知道也沒有用。」

「有什麼辦法，妳就是喜歡他啊。」

「所以我剛剛下定決心不要喜歡他了，再也不喜歡他了。」

「嗯……」

「而且我決定要努力喜歡上另一個人。」

「什麼？」

「只要把目光放在另一個人身上，就不會老是想望向他了。」

如果喜歡是能憑藉著努力改變，那麼她也不會默默承受著一次又一次的疼痛，也許，正是因為喜歡而讓她忍耐著只為了站在對方身邊，卻也因為太過喜歡了而想逃離對方身旁。

逃到一個不會再因為喜歡而流淚的地方。

「是嘛……」

孟翎吸了吸鼻子，「想知道是誰嗎？」

「不用告訴我也沒關係。」

「我話都快說完了，沒辦法中途打住不說。」

妳希望存在一個能夠戳破「我已經不喜歡阿皓」的謊言的人嗎？

儘管這麼想但這卻是不能被拋出的題目，我只能安靜的注視著她，等著她把話說完。

「韓颯。」

「什麼？」我以為我聽錯了，於是用著稍顯乾啞的嗓音又問了一次，「妳說什麼？」

「韓颯，坐在那裡的那個男生。」

她以眼神示意，我當然明白韓颯是誰，但我不懂怎麼會在這裡塞進韓颯的名字。猶疑了幾秒鐘後，我還是妥協了。

「為什麼是韓颯？」

「因為離開游泳池之後他是我第一個看見的人，拿下蛙鏡的那瞬間，我剛好對上他爬上梯子的側臉，我就是那個時候下定決心的。」她說，「從各個方面來說韓颯應該都比阿皓優秀，這樣一來，應該比較有可能喜歡上吧，而且韓颯是阿皓崇拜的人，不管怎麼說，總要挑一個比那傢伙更棒的人。」

孟翎的說辭簡直漏洞百出。

說要擺脫對方的影子，但所有選擇的出發點都是對方，這種逃脫路徑的規劃打從一開始就註定失敗；但我沒有潑孟翎冷水，站在我面前的她跟初次見面的無所畏懼截然不同，彷彿脆弱的小兔子，我一向對小動物沒轍。

「這樣好嗎？」

「沒有什麼好或不好。」儘管我和她只隔著一小步的長度，但孟翎的聲音彷彿來自於哪個難以抵達的遠方，幽微而細長。「我的心裡放了太多喜歡了，沒辦法一口氣掏空，如果真的那麼做的話，說不定我會變成空蕩蕩的樣子；我這樣說似乎太誇張了，但是，對現在的我來說，是千真萬確的事。」

她說。緩慢而確實的。

「我不要喜歡他了。真的。我真的不要喜歡他了。」

06

孟翎的行動超乎我想像的積極並且直進。

她拎著書包等在校門口，有一點風，她的馬尾輕輕的晃動，她的身影在來去的人潮之中並不顯眼，但當她以清脆的嗓音喊住了韓颯，那瞬間她和他便悄悄成為眾人的焦點。

韓颯止住了腳步，臉上沒有特別值得辨識的情緒，他沒有改變姿勢，簡單的側過頭，等著對方說出喊住他的理由。

接著孟翎從提袋中拿出了一封信。

「給你的。」

「不要。」

我不知道孟翎是不是有想像過會得到如此明快而毫無轉圜的結果，但她的表情沒有動搖，也許由於堅定，又或許只是擅長掩飾。

眼前的畫面微微反光，彷彿零散的片段，從這裡到那裡，我看見韓颯的側臉，孟翎小麥色的手腕，最後是垂落在前的我的瀏海。

「今天不收沒關係，我會堅持到你願意收下為止。」

「不需要浪費力氣。」

「我不認為這是浪費力氣。」

「隨便妳。」

接著韓颯繼續他的移動，在他的身影踏出眾人的視野之後，孟翎依然停留在焦點的中心；周旁窸窣的交談此起彼落，她的表情沒有任何波動，彷彿不怎麼在意般將信收進提袋。

我來不及閃躲就迎上她剛抬起的雙眼。

孟翎筆直的朝我走來。

「看到了嗎？」

「嗯……」

「一點也不難過。」

「是喔。」

「我第一次寫信給阿皓的時候，他回了信，我很興奮的拆開以後卻讀到拒絕的句子，那是我第一次為了他哭。」孟翎扯開有些懷念的笑，「隔天他有點在意的瞄了我好幾眼，平常總是很輕鬆的說話，那天他卻有點刻意避開我，所以我主動走過去了，笑著對他說『我喜歡你是真的，不過沒有到會讓人變那麼尷尬的程度啦』；他像是鬆了口氣，但就連他那表情，明顯鬆一口氣的表情，也讓人想哭，不，大概最讓人想哭的就是他的鬆一口氣。可是沒辦法，打從一開始就是我自己要這麼做的。」

我不知道該擺出什麼表情才好，有些不自在的扯了扯背帶，孟翎瞄了我一眼，像是看穿了我的侷促，以無所謂的態度稍微聳了聳肩。

「在妳看來我應該很奇怪吧，不是突然決定喜歡韓颯這件事，而是自顧自的把拚命埋在心底的話一口氣倒在妳身上。」她扯了個不像是微笑的笑容，「可能是因為前陣子很頻繁的聽見關於妳的事，也跟著仔細的盯著妳的一舉一動，莫名的就有種親近感；不過追根究柢，大概是妳有種會讓人認為『告訴這個人沒關係』的氣質吧。」

我從來沒有感覺到這一點。

儘管從小到大確實有許多人會向我坦露類似於秘密的話語，但我認為這只是因為我樹立了「趙季妍並不會洩漏」的形象；不過無論是哪一邊，就結果而論並沒有太大的差異，不要過度探究就好。

很多麻煩的事都可以用這種方式省略。

例如韓颯究竟是以什麼前提來拒絕我這件事。我下意識甩了甩頭。真是的，最近總是不自覺考慮這一點，只要跟韓颯獨處超過一定的時間就有種想打破砂鍋問到底的蠻勁，只能拙劣的用各種方式轉移焦點，結果避開了當下的尷尬，事後在我心底卻留下更微妙的餘味。

人一旦鑽牛角尖起來，整個世界都變狹窄了。

某個長輩對我說過這樣的話，當時我還似懂非懂的點頭，那位長輩看見我的模樣後爽朗的笑出聲來，也是，真能體會他的話意的人才不會以那種方式呆愣的點頭呢。

這世界太難以解釋了。有很多不懂的事所以努力的想去理解，稍微體悟之後卻寧可自己一點概念也沒有。

「趙季姸。」

「嗯？」

「妳有在聽我說話嗎？」

「有……吧。」

孟翎白了我一眼，沒有惡意但不很客氣的撇了撇嘴，「算了，我要回家了。」

「欸，妳真的要每天這樣在校門口送信給韓颯嗎？」

「暫時是這樣打算。」

「韓颯不會因此而被打動。」

「那是一般論。」孟翎字與字之間斷得相當俐落，「可能到目前為止還沒有出現過例外，所以那些被拒絕的人就用這一點來安慰自己，但這樣很自私，明明一開始就是想著『說不定我不一樣』的心情，結果發現其實自己也沒兩樣就立刻改變風向。」

她說。

「我不是那樣的人。牽扯到喜歡這件事，每個人都想成為對方眼裡特別的人，不，最好是最特別的那一個，如果沒有抱持著這樣的決心，就沒有資格大聲宣揚自己的喜歡。」

我的手反覆扯動著背帶，抓了又放，放了又抓，應該就這麼說再見的，但我還是忍不住說話了。

「但妳並不喜歡韓颯。」

她斂下眼。像是迴避著我的注視，也像是迴避著自己。

「喜歡就只是一種錯覺，時間久了，信念堅定了，就會變成真的了。」

「孟翎……」

她淺淺的笑了。

沉吟了幾秒鐘最後無力的垂下雙肩。

「妳打從一開始就不相信我這些詭辯吧。」她胡亂的撥了撥瀏海，「可能就是篤定韓颯絕對會拒絕，不管我多麼堅持他都會拒絕，那麼我只要一遍一遍從事著這樣的動作，很快的我就會被撕下『很喜歡阿皓』標籤，先從別人開始，再來是阿皓，最後就是我自己了。」

「但是這樣也只是證明妳很喜歡對方而已啊。」

她搖了搖頭。

「這種對方不會察覺的事，就不會變成證明。」

我不是很能理解。

雖然稍微可以體會，但並不能完全理解。

踢著柏油路上的小石頭，我緩慢的踱步前進，方才經歷了幾乎是劇場式告白的主角卻置身事外的讀著小說，一本我連書名都沒辦法好好背起來的俄國小說。

我瞪了他一眼。

絲毫沒道理，但也不是那麼難解釋。反正韓颯不會在意這些，只要不要侵犯到他的身體主權，或者牴觸小蔓姊姊的利益，就算當著面毫無來由的指著他罵，韓颯也只會露出「真是無聊」的表情。

但今天他卻違反了我的常識。

「我又做了什麼嗎？」

「就是什麼也沒做才討人厭。」

「那女生是妳的朋友嗎？」

「應該不是，至少我沒跟她說過幾次話。」我狐疑的瞅著韓颯，「你對她有興趣嗎？」

「稱不上興趣。」

話才剛說完他就抬起他修長的腿往前走，沒有預告也沒有等候的意思，我不由自主的皺起眉心，有些難以言喻的什麼快速滑過心尖；韓颯第一次主動詢問告白者的事，儘管他表現出不感興趣的模樣，但這不會改變他的舉動的弦外之音。

特別。的。

「欸。」

孟翎的聲音竄入我思緒的裂縫。特別。我反芻著這兩個帶有異質感的字。

他不理我。

「韓颯。」我又喊了一次，「人為什麼會想掩蓋自己對另一個人的喜歡啊？」

「因為想維持現狀。」

「但又不是假裝沒有就真的沒有。」

「那妳做壞事的時候為什麼要說謊？」

「我什麼時候做壞事了……」我踩著橘黃色的光芒緩步往前走，「只要對方不知道，就可以當作沒這件事，這樣就不會被訓斥或被討厭……但是，只有自己背負著秘密很難過耶，誰也沒辦法吐露，嗯，所以我才說不了謊，就算下意識撒了謊，沒多久就自己招了。」

「那是因為妳沒有一樣重要到讓妳不管多麼痛苦都想守住的東西。」

「韓颯有嗎？」

「小蔓。」他毫不猶豫的回答，「就算必須跟整個世界為敵，我也一定要守住她。妳大概不懂這種事吧。」

「我懂好不好，為了家人，為了朋友，還有為了你也是，我也是會拚命忍耐的。」

「那妳就把這樣的感情放大十倍、百倍，甚至一千萬倍來考慮好了，人會由於想保全的程度不同，而衡量出不同的標準。」

「不能維持現狀又會怎麼樣呢？總有其他因應的方法吧。吵架了就想辦法和好，說不定還會因為講開了而更加親密；把事情搞砸了就努力彌補，拚命掩蓋只會讓現狀更加惡化，總有一天會被發現的吧。」

「這也算是妳的優點呢。極為少數的。」

「什麼意思嘛……說清楚一點好嗎？」

「並不是每件事都會往好的方向走，縱使拚命努力也沒有用，大多數的人沒有那麼樂觀，也可以說缺乏勇氣，總之，人就是擔心一切偏向自己不樂意的那邊，才會寧可忍耐也要維持現狀。」

「如果你平常說話也那麼仔細就好了。」我瞇起眼認真的盯望著他，「但突然這麼有耐心又說那麼多話真是可疑，我想想，一開始在說些什麼……啊，對了，你為什麼會問她是不是我的朋友？」

方才那個有耐心的韓颯頓時消失無蹤。

他很乾脆的無視我的提問，連看我一眼的力氣也沒有耗費的意思，甚至加大了步伐，拉開了兩個人之間的落差。

「韓颯。」我小跑步到他的面前，乾脆的阻擋了他的去路，「話說一半很討厭。」

「我不記得我和妳有什麼討論到一半的事。」

「孟翎。」有些不耐的皺起鼻子，我也不懂自己這副窮追猛打的惹人厭態度究竟想挖掘出什麼來，「就是剛剛拿信給你的女生。」

「然後呢？」

「然後？」

是啊，然後呢？我想問的是什麼？

韓颯明明都拒絕了，也沒所謂的後續可言，那麼現在卡在我胸腔那股煩躁的要命的感覺究竟是些什麼？

我安靜的審視著他稱得上是漂亮的五官，既沒有緊繃也沒有放鬆的表情線條，讀不出情緒的棕色瞳孔倒映著我的影像。我不自覺往後退了一步。

卡在胸口的那根刺像是被哪個人猛然拔了出來。

終於我發現，刺的本身是最重要的、近似於封口的存在，主體並不是令人感到不適的尖刺，而是封藏於底下的濃稠感情。

一旦找到出口就來不及了。

「我……」

「不要擋路。」

然而我依舊沒有讓開的意思。

最後他往左跨了一步，不發一語的擦過我的肩，就這麼走遠了。

我回過頭，韓颯頎長的身影簡直像要融入夕陽一般，刺眼、灼熱，而難以掌握全貌。

時間就是帶著這種朦朧感毫不猶豫的流逝吧。

成長這種事，並不是漸進的，而是如同斷點或者峽谷一樣，從這裡，奮力一跳，想盡辦法抵達那裡，於是人再也回不去，得到的答案也不可能覆蓋假裝從來就不懂。

變質。

人生大概就是像這樣不停的、不停的變質也說不定。

「所以，你是為了保護我嗎？」

我從房間的右邊滾到左邊，接著又往回滾了三分之二，停在靠近床的位置；磁磚地板冰涼中透著熱度，散落一地的小說、漫畫全然無法轉移我的注意力，我甚至開始討厭起和韓颯住得太近的這件事，好幾度我差點衝出門直奔他的住處。

璟儀說我的優點同時也是我的缺點：不會顧慮太多，但偶爾顧慮得太少。

更糟糕的是，我似乎沒辦法精準的分辨哪些部分無須過度顧慮，又或者哪些部分必須審慎小心，如果以極為簡單的方式來劃分，越重要的人事物就應該有越多的顧慮才是。

韓颯很重要。

所以就算有一千萬份衝動像火紅蟻爬上我的腦袋也必須要忍耐。

於是我只能在地板打滾。

「妳在擦地板嗎？」

瞪了哥哥一眼，我沒有爬起來的打算，也沒有應話的預備；但他往前跨了一步，不是為了逼我直視他，而是為了擋在電風扇前面。

「要不要順便也擦一擦我房間的地板。」

哥哥這種生物就是為了來摧毀人意志力的。

「說了一千萬次要敲門，要敲門，要敲門，你到底什麼時候才會聽進去？」

「至少不是這一次。」

「做什麼啦？」

「媽要妳把涼糕拿去香蘭阿姨家。」

「媽絕對沒有『要我去』。」

「快點。」

「才不要。」

「外面很熱，快點。」

我不耐煩的爬起身，儘管我一直抱怨爸媽偏心讓哥哥長那麼高，但這瞬間我卻突然強烈感知到兩個人的差距，印象中一直高我半顆頭的哥哥，現在我的雙眼卻只能平視他的第三顆鈕釦。

「發什麼呆？」

「你什麼時候長那麼高？」

「我已經兩年沒長過身高了。」哥哥用食指輕輕戳了我的腦袋，「快去，如果香蘭阿姨翻出什麼東西當回禮妳絕對不要拿，就算看起來很好吃也不能拿。」

「這又不是我能控制的。」

「跑快一點就好了。」

不僅是因為討厭熱而不願意外出，必須婉拒回禮這件事才是真正的麻煩，儘管住得那麼近、關係又那麼好，但這種繁複的禮尚往來卻一點也沒有被省略；更何況韓颯家時時刻刻都擺著大量的食物，香蘭阿姨根本連翻找的時間都不需要。

但這不是我感到頹喪的重點。大概會見到韓颯吧。光想到這點我就不知所措。

維持現狀。

韓颯刻意對我說了那麼一段長長的話，即使拙劣也大抵能猜到他的意思；當作沒這回事就好，不要打破就能若無其事，縱使他知道我也明白，但不要戳破就沒事。他不是為了自己，而是為了或許沒那麼堅強的我。

沒有辦法，我終究還是捧著保鮮盒站在韓颯家門口了，深深吸了一口氣，溽熱的空氣滲入肺腔，抬起手我按下了門鈴。

門很快就被拉開。

是韓颯。

「我媽要我拿來。」

「嗯。謝謝。」

「我要回去了。」

「嗯。」

「韓颯……」

我咬著唇猶豫的張望著他，沒有催促也沒有不耐，他只是安靜的等著我說話；只是最後我終究只是搖了搖頭。

說什麼都不足。說什麼也都太多。

「沒事，我回去了。」

「趙季妍。」

「嗯？」

「我的能力只足以讓我守著小蔓一個人而已。」

這是安慰嗎？

我輕輕點頭，扯了個大概看起來不像笑的微笑，我明白這種感想簡直是糟蹋了韓颯的心意，但比起他迂迴的溫柔，倒不如用著他一貫的冷淡態度無視著我。

結果才剛被發覺的感情又被牢牢封住。

「我要回去洗澡了，很熱。」

「嗯。」

我花了很大的力氣才能流暢的轉身，斂下眼的同時溫熱的液體從眼角滑落，我詫異的以指腹確認那熱的來源，為什麼會哭呢？明明就沒有想哭的念頭；然而淚一旦落下，就遏制不住，結果我只能蹲在家門口咬著唇無聲的哭著。

連哥哥走到我身邊都沒有察覺。

「快去洗澡。」他站在我身後以毫無所覺的態度說著話，但他移動中不經意顯露的猶疑洩漏了他的心思，「在外面玩會被蚊子叮。」

這時候我才明白，原來人，都那麼擅長假裝若無其事。

只是，若無其事不也意味著否認那裡有的什麼嗎？

□

喜歡。

被拿掉之後。

我就不喜歡你了嗎？

07□

「妳心情不好喔。」

「沒有。」

「騙人。」許穹毅戳了戳我的臉頰，但沒有追問而是轉移了話題，「妳沒有綁頭髮很像鬼。」

「那你還坐在鬼的旁邊？」

「就算是鬼，也是好相處的那種鬼啊，而且我沒跟鬼交過朋友，感覺好像也不錯。」

「無聊。」

「講冷笑話給妳聽。」

「不要。」

「小明家有三個小孩，老大叫大寶，老二叫二寶，那老三呢？」

「小明。」

「妳變聰明了耶。」

「早餐飲料包裝一樣的笑話都重複一千萬次了，你做什麼，為什麼突然靠那麼近？」

許穹毅猛然將臉湊到我面前，仔細而認真的盯望著我的臉龐，我沒有想到往後退，等我意識到這點，他比我早一步拉回了身子。

「我不喜歡女孩子哭，但如果忍著不哭對身體不好。」

「誰要哭了？」

「妳啊。」他側過臉，將視線拉往前方，一群人正玩著追逐遊戲，「一眼就看出來了。」

「今天一整天就沒有人跟我說過這樣的話。」

雖然這句話的前提必須先扣除「我設法避開韓颯」以及「我跟璟儀說我吃壞肚子」，除此之外即便我的臉僵硬到很假，但只要擺出笑，說點無關緊要的廢話，大多數的人都能接受「我很好」這件事。

畢竟一旦接收到「我不好」這樣的訊息，大多數的人就會湧生必須做些什麼的心情，問候也好、伸出手也好，就算是無視也得多花力氣。

總之這一切的一切都很麻煩。

吃壞肚子這件事只要對不起涼糕就好，紅豆口味的涼糕，為了避免得罪所有涼糕我只好誣賴其中一樣。

「是喔。」

「我只是吃壞肚子。」

「吃壞肚子也可以哭啊，只要想哭就可以哭，理由是什麼我覺得不是很重要。」

「你為什麼就是非要我哭不可？」

「如果妳像這樣一直忍耐的話我會很在意。」許穹毅的唇邊掛著清爽的弧度，語氣卻無比真摯，「何況，人都會有幾個自己很專心去看的人，不管是多麼遲鈍，只要像那樣反覆的、仔細的看著，就能發現對方的不同，更深一點的話，還會看見更多的內容。」

「你看見什麼嗎？」

「很多。不過我覺得這不是應該由我來說的話，如果妳想讓人知道妳就會說出口，就算說不出來也會表現出來，可是現在的妳在忍耐，既然在忍耐，大概就是不願意讓其他人知道吧。」

他說。

「所以我沒有要妳對我說些什麼，不過還是希望妳能哭出來。」

我安靜的凝望著許穹毅清楚勾勒的側臉線條，長長的睫毛輕輕的搧動，我第一次如此仔細的端詳他的面容，眼前的這個人，和我的印象產生了細微的落差。

但卻，更真實了一點。

「你說過，你也看見了閃閃發亮的趙季妍，那是什麼意思？」

他轉過頭來，扯開炫目的燦爛笑容，透著光，強烈的滲進我的知覺，錯開又重合，我不自覺撇開了眼。

「就是閃閃發亮的意思啊。」

「不懂啦。」

「妳有點笨耶。」

「跟笨或聰明沒有關係好嗎？你去路上隨便抓個人問，一百個裡面絕對有九十九個人不知道你說的閃閃發亮到底是什麼意思。」

「是嗎？」

「絕對是。」

「妳精神變好了。」

「不、不要扯開話題。」

「就是覺得妳跟其他人不太一樣，因為跟其他人不一樣所以就想知道到底是哪裡不一樣，所以就越來越頻繁的看著妳，也越來越認真的看著妳，結果好像就只看得見妳了。」他相當直率而毫無扭捏的拋出這些話，我的手不自覺的顫抖著，「當然也看得見其他東西啦，不過比喻法就是這樣嘛。暫時我也只能說明到這種程度，其他的等我更明白再告訴妳。」

「嗯……」

「如果我突然跟妳告白妳會不會拒絕我？」

「廢話。」

許穹毅以完全不符合常識的方式笑了出來，像是非常開心一樣，莫名其妙，一般這時候不是多多少少要感到難過嗎？那個什麼阿皓不就聽說哭了嗎？我的胸口也鬱悶到想撞牆的程度，但眼前這傢伙居然發出舒爽的笑聲，根本沒辦法理解。

「笑什麼啦？」

「沒有啊，只是覺得很開心。」他摸了摸自己的頭，「我不是很擅長去揣測女生的心情，因為我一點也不懂女生啊，所以像妳這樣很乾脆的回答我，反而讓我覺得很輕鬆。」

「是喔。」

「再說，告白這件事跟對方要接受或者要拒絕一點關係也沒有啊，喜不喜歡也是，那都是我自己這邊的事情；假如對方願意接受，當然變成兩個人的事情之後就不一樣了，不過要是根本沒有參與的意思，卻努力的苦惱、或是想做些什麼，我覺得反而會讓人難過。」

「你對這種事很有心得喔。」

「阿皓有很多經驗啊。」許穹毅發出呵呵的笑聲，「雖然他老是被拒絕，但班上所有男生要告白之前一定會去請教他呢。」

我低下頭，視線膠著在自己交握的十指上，揉合悶熱感的風若有似無的撫過，我幽幽的嘆了口氣，而那嘆息也隨著氣流飄向遠方。

「欸……」

「什麼？」

「我好像喜歡韓颯。」

「是喔。」

「不要回答得一副你早就知道的樣子。」

「因為我大概猜到了啊。」抬起頭我詫異的望向他，許穹毅一臉坦然，「就說了我很認真盯著妳看啊，當然都會看見。」

「我自己就什麼也看不見。」

許穹毅突然把放在一旁的礦泉水瓶湊到我面前，裡面裝的並不是澄清的水，而是淡棕色類似於麥茶或者紅茶的內容物；他把眼睛擺到另一邊，呈現出一種奇異的魔幻感。

他眨了眨以怪異比例放大的右眼。

「這裡面裝的是什麼？」

「麥茶，還是紅茶之類的吧。」

「是黑糖水喔。我是男生而且現在還那麼熱，喝黑糖水超奇怪的吧，不過我媽不知道哪來的突發奇想，說這樣可以快速補充體力。要喝嗎？」

「不要，為什麼突然問我那是什麼？」

「就算湊那麼近看，不打開就不知道裡面是什麼吧，可能會剛好是麥茶或者紅茶，但也可能是完全不在想像裡的東西吧，我覺得妳對韓颯大概就是這樣。」

「是嘛……」

「我當然不知道啊，這種事除了妳誰也不會知道吧。」

「嗯……老實說我也不知道，我端詳很久也找不到你說的閃閃發亮，也沒有覺得韓颯哪裡特別；不過，說不定也只是我個人的詮釋……在我眼底的韓颯一直都非常耀眼，但每個人也都這樣覺得啊，所以我也只是和一般人相同的感想吧，而且韓颯的性格本來就比較奇怪，大多數人也都會用不太一樣的態度對待他，所以特別的是韓颯的本身，而不是我的目光吧……」我有些無力的吐了口氣，「韓颯曾經對我說過，即使出發點一樣，人也可以決定要往左邊走或者彎向右邊，大概就是迂迴的要我折返吧。」

……既然兩邊都不肯定，就意味著兩邊都有可能是答案，或者兩邊都即將成為答案，那麼妳只要憑著個人意願選擇要走的方向就好。

結果我還是沒聽懂韓颯迂迴的勸告。

「韓颯果然很聰明。」

「現在是佩服他的時候嗎？」

「該佩服的人就要佩服啊。」

「算了。」

「那妳告白了嗎？」

「不要一臉興致勃勃的模樣。」我白了許穹毅一眼，以常識來判斷這傢伙根本壓根兒不喜歡我吧，「連說都沒辦法說就被堵住嘴巴了啦。」

「韓颯會親不喜歡的人嗎？」

「不是那種意思。」我直覺的巴了他的腦袋，下一秒才反應過來那只是他的玩笑，「很無聊耶你。」

「這樣好了，星期天妳跟韓颯一起來吧。」

「為什麼？」

「因為我希望妳來啊。」

「一點邏輯也沒有。」

「喜歡是不需要邏輯的。」許穹毅清脆的嗓音滑過我的耳梢，「不過韓颯來的話，妳也可以少吃一點蛋糕。」

韓颯才不可能會參加。

這是我體內的常識。

於是我硬生生被擺進不符合常識的場景裡頭，許穹毅坐在我的右邊，再右邊是他的哥哥，簡直像虛擬影像的韓颯靠坐在我的對面，廚房裡有些神似定春的許媽媽一邊哼著歌一邊泡著茶。

「穹毅好幾年沒有請朋友來過生日了呢。」

「自從妳硬要自己烤蛋糕之後。」

許穹毅的哥哥接過紅茶之後冷冷的拋出這句話，一旁的許穹毅沉重的點了點頭，但許媽媽完全不在意，豪爽的揉了揉許穹毅的頭。

「你還沒介紹朋友呢。」許媽媽轉向我和韓颯，「你們好，我們家穹毅平常麻煩你們了，不要客氣，當自己家就好，我等一下就出門了。」

「許媽媽好，我是韓颯。」

韓颯嘴邊漾開十分美好的微笑，誰來看都會認定他是優等生中的特級優等生的那種完美弧度，配合上他漂亮的五官，果然，許媽媽已經夠燦爛的笑又加深了十倍。

這傢伙就擅長這種社交。

「許媽媽妳好，我是趙季妍。」

「季妍也好可愛呢，不像我家的猴子兒子。」她哈哈的笑了幾聲，「你們是班上同學嗎？」

「不是啦。」許穹毅一邊撕開洋芋片包裝，一邊回答他媽媽，「趙季妍是我喜歡的人啦，旁邊的韓颯是她喜歡的人，不過我不知道韓颯喜歡誰，韓颯你有喜歡哪個人嗎？」

「沒有。」他稍微想了下，似乎決定進一步說明。「沒有人比得上我姊姊。」

什麼？

這是可以用這種隨意的口吻輕鬆用來作為介紹詞的內容嗎？

韓颯也是，應答得那麼流暢究竟是怎麼回事？

我像尊被施了石化術的雕像呆愣在原位，只剩下眼珠能夠自由轉動，我來來回回瞄向神色自然的人們，沒錯，所有人，除了我以外的所有人都一臉恬淡。

「現在高中生的生活也滿複雜的啊。」

許媽媽妳這是什麼感想？

「不會啊，又沒有一邊喜歡這個另一邊喜歡那個。」許穹毅咬了一口洋芋片，對面的韓颯也優雅的啜飲起紅茶，「哥才亂七八糟。」

「不要扯到我身上。」

「不過季妍的眼光很好啊，雖然是我兒子，不過要選當然是韓颯。」我已經搞不清楚現在的動態了，像是落後兩天加入討論群組，無論多麼努力想釐清脈絡都會被新的進展攪亂。「但是我們家許穹毅也不錯啦，猴子臉看久了也很順眼，人生嘛，偶爾也要退而求其次。」

退而求其次？

我乾笑了幾聲，慌亂的抓起洋芋片往嘴裡塞，瞄了韓颯一眼，他依然處於「優等生狀態」，居然還認同的跟著許媽媽一起點頭。

「妳不是要出門嗎？」

「唉啊，聊到正精采耶。」許媽媽對了一下時間，「沒辦法今天要去上課，下次再來啊，多吃點，不要客氣喔。」

許媽媽一把抓起早已準備好的提包，愉快的揮了揮手，又開始哼著輕快的曲調，開開心心的往門外走去；幾乎是門被闔上的瞬間，韓颯迅速的解除變身狀態，回復成冷淡的模樣。

「我還是比較習慣你這樣耶。」

「做人要有禮貌。」

「嗯嗯。」許穹毅認同的點頭，切了一塊蛋糕給韓颯，「給你小塊一點。」

「不用唱生日快樂歌嗎？」

「不用啦，你們陪我一起吃蛋糕就好了，不然我跟我哥會為了誰要吃多一點打起來。」許穹毅竊笑了兩聲，用手肘推了推在旁邊玩手機的哥哥。「我們三個是一起的，所以你還是要吃一半。」

「球鞋不要了嗎？你吵著要我買的那個。」

「明明就是要給我的生日禮物，每次都用這個來威脅我。」

「啊、對了，我和韓颯也有帶生日禮物來……」

「真的？」許穹毅的臉亮了起來，似乎壓根兒沒料想到這點，過於興奮的湊進我身邊，「可以現在看嗎？」

「不是什麼值得期待的東西啦……」

「重點不是你們送什麼啊，我最想要的東西都會要我哥買給我，其他人送的都是、該怎麼說呢，送的那種感覺，妳懂嗎？就是『這個人送給我的』那種感覺。」

總之我將包裝得有些拙劣的禮物拿出提袋，許穹毅的興奮表情讓我有些不好意思，明明就只是臨時去挑的禮物，選了不太可能會失誤的運動用品，但他卻小心翼翼的拆封，心情高漲的對還沒充氣的籃球東摸摸西摸摸的。

「謝謝。」他轉向韓颯，「韓颯謝謝。」

「不用謝我，是趙季妍買的，我只是一起去，連幫忙提也沒有。」

「這樣也還是謝謝你啊，我們不算認識你也願意來，光這一點就很夠了，而且說不定是因為你來趙季妍才願意來。」

韓颯瞄了我一眼。我有些心虛的拉開目光。

「那傢伙不會因為我的緣故就改變想法，而且我很佩服敢喜歡她的人。」

「你這話什麼意思？」

「字面上的意思。」

「我媽都說我唯一的優點就是膽子大。」這時候應該否認才對吧，「不過喜歡是自然而然的事，對我來說跟膽子沒有關係，事情就變成那樣了。」

「辛苦了。」

「還沒有很辛苦啦。」

「你們兩個還沒打算停住嗎？」

「我覺得我好像可以跟韓颯變成好朋友耶。」

「不關我的事。」

「這樣我就是傳說中那種『連喜歡的人喜歡的人都一起喜歡』的人了耶。」

許穹毅像是繞口令又像是咒語的語言輕快的被拋出，我的動作旋即凝滯在半空中，但這也不是我能出聲制止的事，他大概認為我和韓颯都是像他一樣能夠坦然接受並且面對彼此的喜歡與不喜歡的類型吧。

但是我——

我和韓颯之間連喜歡都不能存在。

至少他給的暗示是這樣。

「吃蛋糕吧。」

韓颯巧妙的岔開了話題，蛋糕並沒有想像中的糟糕，儘管有些乾硬卻有種獨特的香氣，我吞嚥進巧克力的味道，微微的甜混著微微的苦，彷彿一種隱喻。

必須安靜被吞嚥的隱喻。

韓颯要到車站接小蔓姊姊，我不清楚這是不是他的託辭，但他很乾脆的把我扔給許穹毅，最後在許穹毅堅持之下由他陪我走回家。

「你不要一直在韓颯面前『喜歡』、『喜歡』那樣說了。」

「為什麼？」

「我跟韓颯沒有你認為的那麼坦然，何況在我察覺到喜歡之前就已經被拒絕了，那麼最好什麼都不要提起。」我的音量不自然的降低並且顯得飄忽，「當作沒事比較好。」

「趙季妍，在妳眼裡我大概就是個讀不懂氣氛的人吧。」

「是有一點……但會這樣想很正常吧，剛剛、剛剛你說那些話的時候我都快尷尬死了。」

「但是，妳心裡也想把那些話說出來吧，堂堂正正的說出來。」

「我……」

「我不知道妳跟韓颯之間是什麼樣的關係，也當然不能預料將來的事，不過有一點我很清楚。」許穹毅停下腳步站在我的正前方，無比認真的注視著我，「繼續這樣下去妳一定會後悔。絕對會後悔。」

迎上許穹毅過於真摯的眼眸，想反駁的話語卻哽在喉頭，我想避開他灼燙的目光卻難以移轉，甚至在他幽黑的瞳孔之中瞥見屬於自身的倒映。

模糊而渺小的。

「就算努力想維持原狀，一旦妳的心底有了後悔，而且是關於韓颯的後悔，那麼妳和他之間在那些後悔消散之前，是絕對不可能有什麼原狀可言的。」

原狀。

我和韓颯之間的「原狀」又是什麼呢？

「反正打從一開始就沒有希望，又何必去努力些什麼，再說——」

「趙季妍，我不喜歡這樣的妳。」

「我又沒有非得要你喜歡。」

許穹毅忽然伸出手攫獲我的雙肩，屬於他的力量在那瞬間撼動了我的精神，我想逃開他的注目卻動彈不得，只能筆直的盯望著他的雙眼，以及那之中的我的倒映。

「如果韓颯根本什麼也不知道，妳拚命假裝還情有可原，但你們兩個明明都很清楚，妳不覺得這種狀況很可笑嗎？」

「你懂什麼？」

「我不懂，完全不懂。」

「既然如此就不要擺出這種態度。」我的身體開始顫抖，細微的，卻讓人感到不安，「韓颯不只拒絕我，還清清楚楚的表現出不希望我攪亂現狀的樣子，你說，我還能怎麼辦？我到底能怎麼辦？」

我不知道能怎麼辦。

顫抖逐漸加劇，在話語拋擲而出的同時我終於察覺自己內心壓抑的躁動，彷彿狂風颳起的巨浪，足以將人徹底吞噬。

韓颯讓我當作那裡什麼也沒有，我又怎麼能自顧自的捧出我的喜歡呢？溫熱的淚水超過負重，一滴兩滴的滑落，許穹毅的手仍舊緊緊的固定住我的肩膀，然而他清晰的臉龐逐漸變得模糊。我幾乎看不清他的表情。

「去告白吧。乾脆的對韓颯說妳喜歡他。」

「你到底有沒有聽懂我說的話啊！」

「聽懂了，但還是不懂。」許穹毅鬆開手，下一秒鐘卻將我拉到他的胸前，輕輕的摟住我，「我不管韓颯究竟在想些什麼，反正我比較在乎妳，既然妳想說出口，那麼我就會幫妳到底。」

「為什麼？」

「我不是說過了嗎？我不喜歡女孩子哭，但更不喜歡女孩子想哭卻忍著不哭。」

怯弱的抬起手，嘗試般的扯住許穹毅的外衣，起先是小心翼翼的動作，一旦拉住了卻如同攀附住浮木一樣下意識的用力攢住；他的體溫相當熱燙，混著悶滯的空氣，我感覺呼吸困難但又拚命汲取氧氣。

這時候的許穹毅在想些什麼呢？

我一邊流著眼淚一邊聽著他隱約傳來的心跳聲，壓抑的感情稍微釋放之後我終於有所餘裕進行思索，低著頭我胡亂拭去水痕，整理思緒後我往後退了一步卻不敢抬起頭，緊緊盯著許穹毅垂落的右手。

「許穹毅……」

「怎麼了嗎？」

——擁抱著為了韓颯哭的我，你不難過嗎？

我深深吸了一口氣，忽然想起這不是能夠拋出的問題，於是我搖了搖頭，好不容易抬起頭朝他扯開了唇角。

「我差不多該回家了。」

「嗯，走吧。」

許穹毅走在我的右邊，偶爾手會輕輕擦過我的，但他似乎毫無所覺，也沒有像平日那般說著話，而是安靜的，非常安靜的走著。

「喜歡」這種心情悄悄讓平凡的日常覆蓋上一層薄薄的異樣感，細微卻不容忽視。

我和韓颯隔著一個跨步的距離緩慢的前行，我和許穹毅同樣隔著一個跨步的長度輕緩的走著，我的喜歡，以及屬於我的喜歡，一旦考慮起這類的事情眼前習以為常的光景便截然不同；彷彿暈染著柔霧似的晨光，曖昧，又難以言喻。

璟儀說我最近有些多愁善感。

「妳覺得哪個比較讓人鬱悶？」趴在欄杆上，我意興闌珊的對著又被拒絕一次的孟翎說，「喜歡的人不讓妳告白，跟喜歡的人無視妳的告白。」

「得到這種答案不會讓人比較開心。」

也是。

我的兩隻手懸掛在欄杆上無聊的晃啊晃的，時間總是流逝得比預想的快，卻又過得比實際體會的慢；孟翎不知不覺間已經撕下起先的標籤，改貼上「喜歡韓颯」的嶄新條碼，這所學校喜歡韓颯的人多的是，無論她採取過何種惹人注目的舉動，出發點的本身並不特別，因此她的「喜歡」便悄聲潛入幽黑的縫隙，成為一種隱密。

「欸，妳要給韓颯的信裡都寫些什麼啊？」

「什麼都沒寫。」

「真的假的？」

「嗯。」她肯定的點頭，不很在乎的聳了聳肩，「反正他百分之百不會收，沒有必要進行得那麼仔細，雖然平白無故利用他有點過分，但我一開始也算是跟他打過招呼了。」

「聽不懂。」

「還記得在游泳池那天嗎？」

「怎麼可能忘得了。」

我還記得離開體育館時還被某個不認識的大嬸喊住，她大概是誤會了什麼，堵住我的去路滔滔不絕的訓誡我要好好跟朋友相處，肇事者擦乾眼淚後便一臉沒事的先行離去這件事也被解讀成「我和璟儀排擠她而她只能佯裝堅強獨自回家」，連帶著璟儀也遭殃。

這種事絕對不可能忘掉。

「不要擺出一臉記恨的臉，妳啊，心那麼軟是不可能採取什麼報復行為的。」

「這是挑釁嗎？」

「我沒那麼無聊。」她有點開心的笑了，旋即拉回原本的話題，「那天韓颯也在，其實我先跟他說過話了，我問他『如果有人突然向你告白你會在意嗎』？」

「然後呢？」

「他沒有多作思考就回答我了，他說：『我不在意的人給的告白我就不會在意。』」孟翎瞄了我一眼，「不要那樣看我，我不是那種完全不考慮別人的類型，尤其是感情，我很清楚一份感情能夠帶來多大的重量，所以更不會恣意妄為。」

「所以妳現在有比較輕鬆嗎？」

「很難回答。」

「是喔。」

「嗯，我本來只是很單純的想讓自己稍微往後退，但狀況比我想像的複雜很多。」她旋過身，將背靠上矮牆，目光落在天花板不知名的某一點，「說出喜歡的時候，儘管互動自然卻還是能感受到他隱約的顧慮，這份顧慮一直讓我很糾結；但現在我和他之間就好像『真的什麼都沒有』，明明就是一開始我想回到的原點，心情卻又舒展不開。」

「感覺兩個人之間有沒有喜歡都找不到對的位置。」

「大概是我和他本來就沒有所謂對的位置吧。」孟翎輕聲的呼了口氣，卻因為太輕而惹人在意，「這也沒有辦法，就算沒有可以安放的地方，喜歡也還是不會消失。」

就算沒有可以安放的地方，喜歡也還是不會消失。

她的聲音悠長的迴盪在我的腦中，一次兩次，就算沒有安放的地方，我不很明瞭以輕緩口吻說出這句話的她的心情；然而那若有似無的惆悵確實染上了這片風景。我悄悄注視著孟翎的側臉，她的表情彷彿吐露了一切，卻又掩藏了一切。

「繞了一大圈還是喜歡他嗎？」

「不如說正因為繞了那麼一大圈才更加確定自己沒辦法不喜歡他。」

「聽起來有點深奧。」

「越簡單的事總是越深奧。」她語焉不詳的回答，「喜歡大概就是這類的事。」

「真是莫名其妙。」

「嗯，但人就是想追求跳脫日常的事物吧，接著又拚命想把那些事物拉進自己的日常，本來就是相互矛盾的事，所以才會得不到理想的結果。」

「妳今天意志有點消沉。」

「一直保持士氣高昂的人才有問題吧。」

「是沒錯。」

「何況妳的精神也沒有多振作，先考慮妳自己吧。」

「我哪有——」

「所有的謊言之中，欺騙自己是最痛苦的事，我很清楚。」孟翎沒有看我，反而轉過了身像是準備離開一樣，「明明絕對不可能成功，卻還是拚命去做，結果也只是更深刻的體會到想隱藏的那件事而已。」

她嘆了口氣。也可能只是我的錯覺。

「雖然妳是平白無故被我拖下水，但我還滿感激的，至少，在妳的面前我可以不必說謊。」

孟翎離開前的那段話讓我的心情有些鬱悶，像是無心卻也彷彿蓄意，總之她在我心底掀起了某種程度的波瀾，儘管不劇烈卻難以止息。

「妳最近在躲我嗎？」

「我、我為什麼要躲你？」

「所以才問妳啊。」

「才沒有。」

「明明就有。」

「就說了沒有——」

「好吧。」許穹毅配合著我不自覺加速的腳步，甚至更快了些並且以面向我的方式後退著前進，「我只是有點難過。」

「我……」

注視著許穹毅的目光有些閃爍，不能說是刻意，但我的確有意無意迴避著與他的獨處，不僅僅是他鼓勵著要我告白，不，我想這並非主因，璟儀偶爾也會這麼鼓譟，我卻沒有顯著的情緒起伏；更直接的原因是他，許穹毅的本身。

那天，的那一個瞬間，我太過清楚而直接的察覺到他的喜歡了。

縱使明白閃躲改變不了任何現狀，反而會將身旁的人一併拖入泥淖，卻因為不知所措，所以幼稚的規避著。

許穹毅忽然停下腳步，沒有辦法，我只能跟著暫停。

「要吃糖果嗎？我有薄荷糖。」

薄荷糖？

他突兀的話語打亂了我的思緒，我呆愣的盯著他從口袋掏出兩顆一看就非常沁涼的藍色糖球，他遞了其中一顆給我，而他則流暢的打開包裝袋將藍色糖球扔進嘴裡。

像被催眠一般我也跟著含下薄荷糖。

好涼。簡直是瞬間的事。我大概是不小心皺起眉了，許穹毅邊看著我的表情邊笑了出來。

「很涼吧。雖然看起來很涼，心裡也做了準備，但吃下去還是會有『怎麼這麼涼』的驚訝感。」他拿走了我握著的包裝袋，塞進了自己的口袋，「薄荷糖很有趣吧，所以我很喜歡。」

「嗯……」

這時候我才明白許穹毅的體貼，他沒有追問我避開他的理由，連邊緣也沒有觸及，反而扯進了另一件毫不相關的事，以普通自然的姿態試圖讓我感到安心。我們之間不需要有什麼顧慮。他當然沒這麼說，萬一這麼說了大概只會更在意而已。但我確實接收到了這一點。

他比我所以為的更加細膩而溫柔。

「不過絕對不可以和冰水一起喝，會很可怕。」

「哪種可怕法？」

「連回答妳都不願意的那種可怕程度。」他認真的點了點頭，「總之，人還是不要太有實驗精神比較好。」

「這種話你說起來一點說服力也沒有。」

「對吧。」

「居然不反駁。」

「因為沒辦法反駁啊。」

許穹毅坦率的笑出聲來，一種「真是沒辦法」的心情湧了上來，沁涼的薄荷香氣刺激著我的精神，方才的凝滯感似乎一口氣被吹散了，我也跟著他一起扯開笑。

這傢伙簡直擁有奇異的能力。

「對不起。」

「為什麼突然跟我道歉？」

「我是在躲你，雖然是不經意的，但你應該會不開心吧。」

「不開心跟難過應該不太一樣。」他聳了聳肩，「不過我很容易忘記的，薄荷糖融化之後大概就記不得了。」

「而且我也不是避開你而已，這麼說不是想辯解，但我也會避開韓颯，雖然沒有想那麼做，但結果就是那樣了。」

「這樣啊。」

「不能給出比較有建設性的感想嗎？」

他居然直接了當的搖頭。

真是。連客套的猶豫都不給。

「這就是所謂『需要進行心理建設』的時間嗎？」

「不知道啦。」

「可是沒必要連我都躲吧。」

「那是因為——」

「因為什麼？」

「反、反正就是那樣啦。」

「妳不說清楚我不會懂啊，這樣怎麼給妳有建設性的感想？」

我不自覺的咬著下唇，無言的注視著他很長一段時間，他沒有催促我，而是以寬容的姿態等候著我的聲音。雙手握拳又鬆開了好幾回，猶疑便在那縫隙之中流竄，不知時間流逝了多久，許穹毅忽然伸手握住我的。

詫異的我望向他，卻迎上他極其認真的眼眸。

「不管妳要說的是什麼話，我是做好『無論趙季妍會對我說什麼我都會聽下去』的準備才來找妳的，所以不要考慮太多，我想要幫妳解決煩惱，而不是讓自己變成妳的煩惱。」

「許穹毅……」

「因為我喜歡妳啊，所以這是我想做的事。」

為什麼能這麼坦然呢？

但面對如此的許穹毅我卻藏匿不了任何秘密。

「……我喜歡韓颯。」

「嗯。」

「陪在這樣的我的身邊，你……」

「妳在擔心我嗎？」

我低下頭，沒辦法回答許穹毅的提問，視線卻落在他的手背，覆蓋著我的雙手的他的手；一旦如此盯望著，屬於他的體溫便膨脹放大到無法忽視的程度，強硬的滲進我的肌膚。

許穹毅的存在，比我所能預想的更為強烈。

「我喜歡妳，而妳有喜歡的人也很正常啊，雖然偶爾也會想一下如果妳也能喜歡我那就太好了，但在那之前，我覺得妳要先考慮的是妳自己的感情，一旦妳的感情確定了，我也才能跟著連動對吧。」他鬆開手，輕輕摸了我的頭，「不過，聽到妳擔心我，我好像有點開心呢。」

「你是笨蛋嗎？」

「為什麼在這時候要哭？」

許穹毅似乎是對我突如其來的眼淚感到有些慌亂，事實上我也訝異著自己的淚水，找不到哭泣的理由卻突然非常想流淚。

他手忙腳亂的從口袋裡拉出面紙，但我卻扯住了他的手，「你覺得我這樣就會喜歡上你了嗎？」

「我沒想那麼多啦，欸，為什麼要打我？會痛啦。」

「笨蛋……」

為什麼我會為了你這樣的笨蛋感到安心卻又有點心痛？

「就說了會痛了嘛。」

他有些無奈的由著我搥打他的胸口，真是莫名其妙，我也不懂狀況究竟如何演變到這樣的地步；然而我卻意識到，我的眼淚並不是為了自己流、也不是由於韓颯，而是因為許穹毅。

許穹毅那過於直率的喜歡讓我非常、非常的想哭。

我有些神經兮兮的瞄著韓颯的側臉。

雙手不自在的反覆拉扯背帶，拖曳著步子簡直像要把帆布鞋磨壞一樣，發出讓人難以忍受的噪音，但都到了這種程度，斜前方的那傢伙居然仍舊不聞不問。

太讓人鬱悶了。

韓颯八成連這陣子我蓄意迴避他都沒有察覺吧。

我更用力的拖行著步伐，灼熱的目光幾乎要穿過他的背，大概是太過認真的試圖以念力攻擊韓颯，我絲毫沒有注意到我的行經路途中躺著拳頭般的石塊，一不小心就被絆倒，而且是完全沒有防備的那種。

——痛。

我沒有喊叫出聲，但巨大物體摔落的聲響絕對不可能被忽視，於是韓颯回過身蹙起眉緩慢的朝我走來。

他伸出手我卻賭氣的坐在地上。

單純就只是賭氣，沒有預想任何後續，所以當他收回手的瞬間我感覺到強烈的後悔，依照韓颯的個性他大概會瀟灑的轉身就走，畢竟這裡已經能看見我家；然而韓颯又一次顛覆了我的猜想，他蹲下身，不由分說的將我抱起。

「你、你做什麼？」

韓颯似乎沒有理會我的打算，就只是安靜的往前走，我的身體彷彿石化般僵硬，侷促不安的扯著書包邊緣，連抬頭也不敢。

他筆直的將我抱進屋內，不是我家，而是韓颯家，我被安置在沙發中央，而他則一動也不動的站在我面前盯視著我。

「我、我可以自己回家……」

他抬起腳狠毒的踢了我的左腳腳踝一下。

「——痛！」我不滿的瞪向他，「你到底想做什麼啦？」

「妳一下子避開我，一下子又像哥吉拉想惹人注意，要問『妳到底想做什麼』的人應該是我才對吧。」

「我……」

韓颯居高臨下的睥睨著我，正等著我的說辭，但我卻遲遲遍尋不著適當的說明；我想，這件事或許從頭到尾就不存在所謂「適當的說明」，理由只有一個，而那唯一一個理由卻是韓颯不期望的。

於是我無話可說。

「等一下打電話給妳哥，讓他來帶妳回家。」

「我就說我可以自己回家。」

「要我再踢一下嗎？」

「你不要過來。」我作勢要以一旁的抱枕作為武器，「離我遠一點。」

但韓颯卻又違反了我的常識，拉了椅子在我攻擊範圍之外坐下，表情依舊沒有特別的起伏，我不懂他的意圖，不自覺的往後退卻抵上了沙發而無路可退。

「為什麼那樣看我？」

「判斷。」

「要、要判斷什麼？」

「這是我的問題。」

「很詭異耶，你去看你的書，或是做什麼都好，不要那樣看我。」

這次他乾脆的站起身。

往後退了一步視線卻仍舊沒有移開。

這時候我應該要感覺臉紅害羞才對吧，但沒有，一點也沒有，取而代之的是毛骨悚然。

「剛剛在校門口我遇見許穹毅了。」

「許、許穹毅?」

「很訝異嗎?」

「也不是訝異啦……」

「雖然意味不明,但他很堅定要我『好好的看看妳』,所以我就姑且看一下了。」他輕佻的聳肩,「不過一點收穫也沒有。」

這傢伙是在玩弄我的感情嗎?

我一時氣不過便拿起手邊的抱枕砸向他,但有著櫻花圖樣的抱枕卻虛弱的跌在他的右側。

「要拒絕就乾脆的拒絕,不要老是拐彎抹角的說我不夠資格。」

「我聽不懂妳在說什麼。」

「你怎麼可能聽不懂!明明就是你——」

「不管我說了什麼,也無論妳是怎麼理解,但如果想要得到乾脆的拒絕,就得要有能讓人拒絕的東西。」韓颯撇開了眼,帥氣的走往二樓樓梯,「不要賴在我家,快點打電話給妳哥。」

說完他就上樓了。

——如果想要得到乾脆的拒絕,就得要有能讓人拒絕的東西。

我的心臟忽然鼓譟了起來，喉嚨異常乾渴，回頭我望向早已空無一人的樓梯，反覆思索著韓颯留下的話語。

他改變心意了嗎？

韓颯說，他剛剛遇見許穹毅了。

慌亂感竄進了我的胸口，一時間我無法釐清現狀，非常不踏實，我一邊想著韓颯，另一邊卻又思索起許穹毅，彷彿兩個各自站在我左右兩邊的人，一旦看向甲就必須背對乙，想看清乙就必須移開對甲的目光。

於是人就不得不下定決心，選擇自己想注視的方向。

09

「你對韓颯說了什麼？」

「我和他說了很多話耶，妳要問的是什麼？」

「關於我的部分。」

「忘了。」

「不要說謊了。」

「就是因為不想對妳說謊才說忘了啊。」

我和許穹毅的對話在這個句號之後猛然出現斷點，他有些苦惱的摸了摸頭，但他顯露的苦惱並不是為了對話內容，而是他正試著洗掉白襯衫沾上的顏料。

瞪視著他的動作，濡濕的範圍逐漸擴大，那抹鮮明的藍卻沒有消卻的跡象；我的思緒有些飄離，思索著那抹藍，揉合著他的搓洗，被肥皂泡泡包覆而暫時隱沒的藍，沖洗後卻又跳躍而出。

一次，接著是另一次，彷彿那抹藍的存在是為了消磨人的意志，直到人放棄掙扎、無可奈何的接受白襯衫上的那抹突兀的顏色。即便在久遠的某天，穿著的人太過習以為常而忘了那顏色，旁人依舊能一眼指出。那裡。用著曖昧的字眼，提醒著某些什麼。

「好像洗不掉耶，回家一定會被我媽罵。」

「嗯……」

「妳又在發什麼呆？」

許穹毅伸出右手在我面前揮了幾下，我有些無神的搖搖頭，扯下他礙眼的右手，他的手總是那麼燙，我分不清那是屬於烈日的灼熱或者他本身的熾熱。

他忽然把手貼放在我的雙頰。用力一擠。

「好像魚喔。」

許穹毅開心的笑了出來，我煩躁的拉開他的手，沒什麼力氣的瞪了他一眼。「去把衣服弄乾啦。」

「太陽曬一曬就會乾了啦。」

「隨便你，反正笨蛋不會感冒。」

「妳有心事喔？」

「還不是你害的。」

「我？」他納悶的側著頭，思索了好一陣子仍舊找不到答案，「我做了什麼嗎？」

「因為你不說你對韓颯說了什麼，我就不能理解韓颯突然改變心意的理由，所以追根究柢我苦惱的來源就是你。」

「要吃薄荷糖嗎？」

「不要轉移話題。」但我還是接過了他遞來的薄荷糖，乾脆的塞進嘴裡，沁涼的氣味瞬間竄上我的思緒，深深呼吸之後彷彿面對的是截然不同的世界。「你是打定主意不管怎麼樣都不會說吧。」

「對啊。」他率直的點頭，「men's talk。但妳是女的。」

「謬論。」

「原因什麼的雖然很重要，但就算不知道也還是能根據當下的結果採取行動啊，就是不想讓妳顧慮太多，我一開始就說過的吧，趙季妍只要考慮趙季妍自己的感情就好，無論是韓颯的感情或者是我的感情都不那麼重要，至少現在最重要的是妳自己。」

「我……」

「妳認識韓颯比我久很多吧。」

「嗯。」

「既然如此連我都看得出來的事情，沒道理妳完全沒察覺吧。」

「什麼？」

許穹毅輕輕敲了我的腦袋，「你看韓颯對那些向他告白的女孩一點也不留情，可是為了妳那麼迂迴，我覺得韓颯不是會在意感情問題的類型，唯一的原因就是擔心妳啊。」

我明白。

然而溫柔有些時候才是最傷人的舉動。特別是違背了他一貫的作風所彰顯的扭曲，一次又一次刺激著我的精神。反覆提醒著趙季妍的遲鈍與怯弱。

大概是擔心我不能好好消化並且面對才小心的尋找對策吧。

「我知道韓颯是為了保護我。但只要想到這一點就覺得他是個混蛋。」

「為什麼？」

「你不懂啦。」

「女孩子果然很奇怪。」許穹毅皺了皺鼻子，「我覺得韓颯明明就很貼心，如果我是女生說不定會喜歡上他。」

「就算你是男的你也可以喜歡他。」

「對耶。」他居然認真考慮了我的提案，「不過我先喜歡上妳了啊，這也沒辦法。」

「很委屈嗎？」

「委屈倒是不會，但一直都要擔心妳。」他抬起頭，捏了捏我的臉頰，「我最喜歡的是妳笑起來的樣子，那時候特別會閃閃發亮，可是最近妳比較不亮了。」

——比較不亮？

我揮手打了他的腦袋。

對於他略帶戲謔但聽起來相當認真的話語，我感到一股難以說明的不快，黯淡的開始就是移情別戀的前奏，不知為何我的腦袋突然閃現這一點。用力的甩了甩頭，隨便什麼樣都好，他移情別戀不是更好的結果嗎？

難道我其實是他說過的那種「明明不喜歡但對方移情別戀就會很憤怒」的類型嗎？

不對，那個什麼阿皓的我就一點感覺也沒有，甚至目睹過他跟在另一個女孩身後的燦爛神情我也無動於衷（也不是無動於衷，畢竟是被孟翎拖著去刺探敵情，我的手被孟翎扯得非常痛），又或許是我和許穹毅相處頻繁，所以才——

「我要回去了。」

「是喔。」

走到一半我突然想到些什麼，又旋身面向他：「欸，你可以教我騎腳踏車嗎？」在他說話之前我很快的補充，「當然我已經會騎了，只是轉彎還不是很穩定，也不用特別教，就只是要有個人陪我練習而已。」

「好啊。」

我深深吸了一口氣。不想對他有任何隱藏。

「我曾經問過韓颯，他給我的拒絕，前提究竟是『知道我喜歡他』或者『不知道我喜歡他』，但他沒有回答我。雖然現在想想答案好像很明顯，但我還是想從他的身上得到一個明確的答案。」

「嗯。」

「他教過我幾次腳踏車，但我還是學不會轉彎，如果這次學會的話，他就會回答我。」

「我可以問一個問題嗎？」

「什麼？」

「雖然妳騎車的樣子真的有點可怕，但妳自己稍微練習應該也沒問題——」許穹毅的話停在中途，句子裡找不到問號的位置，卻早已完全投遞出他的問號；我輕扯了唇角，淡淡的吐了口氣。

「因為怕。」

我說。

「一旦學會了，就會得到答案。」我筆直的望向許穹毅，「我一直不想承認，但韓颯是對的，我不是那麼勇敢的一個人。」

「趙季妍。」

「嗯？」

「我覺得說出這段話的妳很勇敢。」

我的胸口殘留著微微的顫動。

輕且緩的吐了口氣，然而我的指尖仍舊被異質感包覆，彷彿身體從某部分開始脫離了自己控制卻還在自己身上，定義不出適切的平衡點。

「妳這樣滾來滾去我會頭暈啦。」

「反正暈的不是我。」

「要不要先停下來再說這句話？」

終於我中止在璟儀床上的反覆滾動，幾秒鐘之後她所說的暈眩感席捲而來，我抱緊拉拉熊玩偶，閉上眼仔細辨認那並非多難受的晃動，卻足以讓自己暫時喪失判斷力。

再度睜開眼時恰巧迎上璟儀好整以暇的姿態，我略顯無力的爬起身，接著又軟趴趴的靠上一旁的枕頭，誇張的呼了口氣，擠出哀怨的表情爭取璟儀的同情。

「跟韓颯吵架了嗎？」

「才沒有。」

「可是妳會突然說要來我家過夜，十次有九次的理由是『一想到我只距離那傢伙短短一百公尺我就睡不著』。」

「這次剛好是另外那一次。」

「那是為什麼？」

「嗯……」

我有一搭沒一搭的扯著拉拉熊的耳朵，許穹毅，這個名字輕巧的滑過我的意識，卻在我來不及掌握之前便消逝無蹤，只留下拖曳痕跡般的煙霧。

「不想說也沒關係，但妳不要繼續滾來滾去了，看了就頭好暈。」

「我不是不想說，只是找不到適當的開頭，就像是……嗯，明明已經擬好了故事大綱卻遲遲無法動筆的感覺，比起不想說或者無話可說，這種狀態更讓人鬱悶。」

「這說不定是因為中文不夠好。」

「羅璟儀，妳可以不要挑這時候韓颯上身嗎？」

她吃吃的笑了出來。

真是沒有同情心。我嘟起嘴但還是接過她示好般遞來的抹茶餅乾，璟儀將椅子拉近了些，抬起手摸了摸我的頭，被長相非常可愛的人用這種方式安慰真有種莫名的違和感。

「欸，夾在我跟韓颯中間妳會覺得尷尬嗎？」

「不會啊，為什麼要尷尬？」

「理智上我也覺得不需要尷尬，可是實際相處起來就會考慮一些細微末節，甚至無關緊要的小事，結果行動起來就卡手卡腳的，連原本流暢的動作都忘得一乾二淨了。」

「大概是因為不一樣吧。」

「不一樣？」

「雖然都是韓颯，但一邊是『普通的韓颯』另一邊是『喜歡的韓颯』，不管從什麼角度來看都不一樣吧，所以妳硬要拿過去的基準逼自己平常心看待，當然不會成功啊。」

「可是一旦以特別的方式對待他，不就改變了我和韓颯之間的關係了嗎？」我吁了一口氣，「因為想維持現在的自然的關係啊。」

「但妳自己就先不自然了，怎麼讓相處變得自然。」璟儀咬了一口餅乾，兩隻腳晃啊晃的，「反正我們也猜不到韓颯究竟在想什麼，至少他表現上沒什麼兩樣，在兩個人裡面，變得奇怪的是妳喔，所以首先要調整妳自己的狀態。」

「嗯……」

「妳跟七班那個男生就相處得很自然。」

「那不一樣。」

「只是妳跟他的立場對調而已，既然妳面對他不會扭捏，為什麼要預設韓颯會覺得彆扭？」她捧起牛奶咕嚕咕嚕的喝下半杯，「不過人都是這樣啦，就算兩件事平行擺在一起，套入自己的感情就會看不開，這種時候特別需要我這種局外人。不過——」

「不過什麼？」

「我覺得七班那個男生很厲害。」

「厲害？」我瞥了她一眼，「夠了，韓颯已經誇獎過他了，說什麼他喜歡上我很有勇氣。」

「不是這個啦。」

「不然呢？」

「他跟妳處得好，跟韓颯也處得好，甚至三個人在一起的時候他也還是很坦率，換作是我絕對沒辦法面對喜歡的人喜歡的對象，光想就心情低落。」

「他的個性本來就樂觀到不行，而且還有異於常人的直率。」

「這樣對他不公平喔。」

「什麼不公平？」

「因為他做得太好了，所以就認為這是他理所當然該做的，或者是他很容易就能做到的，這樣的想法很不公平。」環儀的聲音變得有些文弱，我沒有注意到這也是她最難過的一點，「說不定他很努力，只是不想讓其他人感到負擔所以連埋怨都努力的消化掉……」

我把許穹毅的付出當作太過理所當然了嗎？

他總是非常燦爛的揚著笑，我一直擔心妳，但他那麼說了，用著比平常更認真的表情，只是旋即覆蓋上一貫的輕快所以被忽略了嗎？

我——

「不要想太多了啦，喜歡這種事，越想越不會有結果。」

「妳少擺出一臉很懂的樣子了。」

「至少我讀很多小說啊，我涉獵的愛情故事絕對比妳多上一百倍。」環儀用力的拍了我的肩膀，「我最喜歡的作者邵謙會給妳一個建議。」

「什麼建議？」

「丟銅板。」

「然後要用來決定什麼事？」

「不重要啦。」她露出不負責任的可愛淺笑，「我只是想試試看這句台詞而已。」

我的腳踏車特訓從星期六開始。

練習過程非常順利，儘管超出預想卻不令人訝異，除了缺乏經驗之外，我最大的問題是跨不過那一道名為「轉彎」的坎；一旦滑過那彎道，我所處的現實也許就會染上截然不同的色彩吧。

不要中途放棄，即使害怕也還是要記得平衡，不要停下，只要繼續踩著踏板就好。

睜大雙眼用力撐住龍頭彎就這麼過了。

我所遭遇的事情大多都有著簡單的道理以及明快的解決方法，但人總會由於各式各樣的理由兀自繞往遠路，甚至走進錯縱複雜的死巷；彷彿前進的理由並非為了了結問題，而是為了讓問題延續得更久更長、更難解。

可能，問題的本身就是讓人留戀的存在吧。

真是迂迴。

「下定決心之後就很簡單吧。」坐在公園草地上，許穹毅豪爽的喝著麥茶，「就算覺得自己百分之九十九會摔倒，但只要用力撐住，就可以安穩的變成百分之一了。這樣一次兩次下來，摔倒的機率就會反轉成百分之一，接下來只要稍微小心避開那麼一點點的可能就好。」

「你感覺比我還開心。」

「因為是很值得讓人開心的事啊。」

「為什麼？」

「妳不開心嗎？」

「不知道該怎麼說……」我乾脆的躺在草坪上，不很專心的望著飄動的白雲，「學會騎腳踏車這件事是滿高興的，畢竟像你說的那樣，也不是不會，就總是差那麼一點，有種不完全的感覺，所以才要設法補足……這點大概就跟韓颯在我心裡的定位一樣吧，很清楚自己連微乎其微的可能性也沒有，他也迂迴的表明過態度，只是我沒有親口將話說出口、沒有得到明確的拒絕，我身體裡的喜歡始終沒辦法被乾脆的打上句號……」

「所以才要努力啊。」

「說是這樣說，哪有人會心甘情願為了被拒絕而積極努力。」

許穹毅彎過身子，稍微將臉靠了過來，他的影子覆蓋在我的身上，不知為何對於這狀況我忽然有些不自在，卻也只能征征的望著他澄澈的雙眼。

「不是為了被拒絕而努力。」他的聲音揉合著稚嫩與成熟，輕緩的搔過我的耳畔，「是為了要繼續往前走。」

「但是人總有一天也還是會把那份沒有句點的喜歡拋諸腦後——」

「拖得越久就越分不清楚該拋掉的是哪些部分了。」他沒有笑，而是更加堅定的注視著我，「有些人會把屬於不同人的喜歡疊在一起，認為只要不追究就好，但我不那樣認為，對我來說，只要認真的看著，就會很輕易的分辨出對方的喜歡裡哪些是只給我的。」

他說。

「喜歡很簡單，沒有必要弄得那麼複雜。」

許穹毅毫無預警的傾身向前，柔軟而灼燙的唇在我額際落下淺卻不容忽視的吻，一秒，或者三秒，時間在我的體內彷彿陷入凝膠狀態，我瞪大雙眼不知從何反應，他卻扯開過於燦爛的笑容，真摯的凝望著我。

「你──」

「一不小心就……」

什麼？

我觸電般猛然驚醒，沒有選擇本能性的往左滾了兩圈，坐起身驚愕的瞪視著他：「你、你、你──」

居然還笑得一臉無辜！

「虧我那麼相信你，你居然、居然做出這種十惡不赦的事來！不要笑，就叫你不要笑了！」

「妳好可愛。」

「現在是在挑釁嗎？」

「沒有啊，我很認真啊。」

「閉嘴，離我遠一點。」

「趙季妍。」

「你又想做什麼？」

「等妳跟韓颯告白之後我就跟妳告白。」

「我會拒絕，百分之百會拒絕你。」

「就算這樣我還是會告白啊。」許穹毅輕快的笑出聲來，簡直像搞不清楚狀況的小男孩，「而且我哥說趁虛而入很有用。」

「你根本前後矛盾。」

「好像也是。」他再度趁我不備移動到我面前，但這次他什麼也沒做，就只是停在一段距離外，「等妳和韓颯告白之後我們再見面吧。」

「什麼意思？」

「在那之前我不會主動跟妳說話了。」

「為什麼？」

「沒有為什麼。」

「許穹毅！」

「我很喜歡妳喔，因為喜歡所以希望妳能好好面對妳自己的喜歡，但是越來越喜歡之後，連一開始覺得很自然或者很簡單的事都開始變得困難了。」許穹毅淺淺的笑著，「這時候妳應該要做的就是認真的考慮關於韓颯的事，但我好像沒辦法很坦然的看著那樣的妳，為了避免自己製造混亂，最直接的方法就是暫時離妳遠一點吧。」

——說不定他很努力，只是不想讓其他人感到負擔所以連埋怨都努力的消化掉。

璟儀說過的話猛然跳進我的思緒，注視著許穹毅柔和爽朗的神情，如果換個語氣，方才他說的話應該會哀傷得讓人感到心痛吧。但他沒有。他用著彷彿談論著薄荷糖的口吻明快的吐露，彷彿他其實並不在意。

然而他的喜歡如此直接，對應的哀傷也同樣非常直接吧。

我想起他方才的吻。

不小心。許穹毅是那麼說的。但在那之前長而寧靜的停頓是不是藏匿著他的掙扎與躁動？我無從得知，但這也不是我能拋出的問號。

似乎我能回報他的，也只有率直的面對自己的真心。

「那麼這段時間你就認真想幾個安慰我的方法吧。」

「妳會哭嗎？」

「不知道，我想應該會吧。」

「反正我都有隨身攜帶面紙。」

「許穹毅。」

「嗯？」

我扯開淡淡的笑，朝著他，「一想到有人已經準備好要安慰我，就覺得被拒絕也不怕了。」

「那我可以一邊安慰妳一邊趁虛而入嗎？」

「你是笨蛋嗎？」

許穹毅笑了。笑得非常開心。

真是沒有辦法，我好氣又好笑的瞄了他一眼，果然是擅長影響人心的傢伙，笑聲的震動讓我的心尖微微發顫，午後的風輕輕涼涼的，我想，比起順利轉過彎的那瞬間，我更會牢牢記憶住現在這一秒鐘。

彷彿什麼也沒有，卻怎麼也忘不了的浮光掠影。

□

也許令人難忘的就只是那裡有你在，

而我也在。

10□

天空中唯一一朵雲長得像蓬鬆的獅子卻又有著綿羊的輪廓，有點風，卻掀不起稱得上波瀾的漣漪，和平時沒什麼兩樣的普通下午，大概，嚴格要說的話，比起一貫的日子，今天是更加沒有記憶點的日子。

我的掌心滲出微妙的緊張感。

帶著顫動的食指經過長長的猶疑之後按下了白色按鈕，高亢刺耳的鈴聲貫穿我的意志，我進行了幾次深而用力的呼吸，迎面而來的腳步聲彷彿踩著我的神經邁進，接著門以果斷的姿態被拉開，界線之外與界線之內少了門的阻隔之後顯得異常曖昧而模糊。

韓颯站在我面前。

「做什麼？」

「現在有空嗎？」

「如果是六點之前的話。」

「用不了那麼久。」我的聲音比我預想的還要鎮定，「當作打發時間的散步就好。」

「嗯。」

也許是猜透了我的來意，韓颯沒有多餘的探問，也沒有任何推拒，儘管沒有明顯的表情卻乾脆的應允；他直接關上了門，除了鑰匙之外任何東西都沒有帶，不發一語的走在我身側，由於太過沉默而讓兩個人的步伐格外清晰，一步一步，得走的路就是得往前走，我不禁這麼想著。

「我學會騎腳踏車了喔，已經不會戰戰兢兢的怕跌倒了，轉彎前夕雖然讓人感到害怕，但真正過彎卻意外的簡單呢。」我扯了扯嘴角，「其實我的平衡感也沒那麼差。」

「失敗過的事，妳就會下意識認為第二次也還是會失敗，但說不定第一次的失敗只是不湊巧而已。」

「嗯，大概是這樣，這就是我老是三分鐘熱度的根本原因吧，用『我覺得不有趣了』當作藉口，這樣就不必承認自己的膽小了。」

「總之妳還是學會騎腳踏車了。」

「對啊，因為怕摔倒所以老是放棄，但有了『即使摔倒也要學會』的動機之後，本來很害怕的『摔倒』忽然不那麼有壓迫感了，這時候我才發現，阻礙我的其實不是摔倒這件事本身，而是對於可能摔倒的害怕。」

「嗯。」

「韓颯，我很怕失去你。」

「雖然『失去』是妳的感受，但握有決定權的其實是我這邊，妳確實麻煩，但暫時我還沒有移動位置的打算。」

「你老是用必須動腦筋想過兩輪才會懂的方式說話。」我揪緊的心情像穿著過緊的洋裝一整天後奮力扯下拉鍊般一口氣舒展開來，「不過我很聰明，所以知道你是個很溫柔的人。」

「不要把妳無謂的幻想加諸在我身上。」

「反正你管不著。」

韓颯冷哼了聲，沒有繼續反駁的意思；我和他緩步往公園的遊樂場走去，那裡有我從小玩到大的溜滑梯，也有兩架離地有點太遠的盪鞦韆，還有一棵相當茂密的老榕樹。

他踏進老榕樹枝葉覆蓋的陰影內，而我停留在日光照耀的沙地上，隔著約莫兩個跨步的距離，其實我看不那麼清楚，但我想，假使看得太過仔細，我就必須耗費更長更久的歲月來吞噬這個午後吧。

這樣就好。

此刻我和韓颯相距的長度就作為我的喜歡暫時安放的位置吧。

「韓颯。」

「嗯。」

「我喜歡你。」日光非常灼燙，近似於暈眩的感受悄悄侵入我的體內，「雖然思索了一千萬次也還是找不到起點，甚至是原因之類的東西，但後來我想那些大概不是很重要，總之我就是喜歡上你了。這是結果。所以我想把這個結果告訴你。」

「然後呢？」

「然。後。」我分明的複誦了這個單詞，「嗯，然後，我想像過許許多多的然後，也逼著自己不要去想那些可能的然後，但這一刻我好像有點懂了，所謂的『然後』會在某個人心中瘋狂的膨脹，但那不是能以單方面決定的事；必須從一開始才會有二，接著是三……總之，我喜歡你，我想告訴你這一點，就算你很早就知道了，雖然不願意承認但大概比我還要早發覺，你也已經暗示過你的拒絕，結果什麼的已經很清楚，但是，如果非要說一個『然後』的話——韓颯，我想要你的答案。」

我扯開了嘴角，掛在我頰邊的大概是笑，儘管我認為不會太成功。

汗霧佈滿了我的額際，熱度佔據我整個身軀，陰影底下的韓颯顯得有些遙不可及，他極其認真的注視著我，沒有風，我的汗終於滴了下來。

他就站在我的面前。

「你會有任何一點喜歡我的可能嗎？」

韓颯斂下眼後再度抬起眼。

「不會。」

「不能稍微猶豫一點嗎？」

「這種事應該先要求。」

「要求就會做嗎？」

「看心情。」

「韓颯。」

「嗯？」

「我想哭。」

「這種事不需要徵得我的同意。」

彷彿醞釀許久的淚水安靜的滑過我的頰邊，我以為那會非常熱燙，但那水痕不過帶著微溫，無論多麼灼燙的存在在烈日底下都會被吞噬也說不定。

韓颯逐漸變得模糊。

我往前走了一小步、接著是另一步，最後我走到他的面前。

「雖然沒有想像中難過，但還是很難過。」

抬起頭我筆直望向他，依然是讀不出起伏的神情，在他漂亮的眼睛底下是顯現著我的身影的倒映，不知為何，意識到這一點的我忽然湧上濃稠的惆悵。

「我都哭成這樣了，你還不安慰我嗎？」

「安慰不會止住妳的眼淚，反而會讓妳哭得更凶，我是沒打算安慰你。」

「我為什麼會喜歡上你這種人啦。」

「問我嗎？」

「韓颯你這個混蛋。」我伸出手扯住他的衣襟，扁著嘴邊哭邊瞪著他，最後用力一扯，整個人撲到他的胸前，開始拚了命的大哭。「我討厭你，超討厭你——」

結果到最後韓颯沒有推開我，也沒有給予任何的安慰，他安靜的站在原地，雙手垂放在身側，既不抵抗也不採取動作，我最討厭韓颯的就是這一點。

他總是有意無意的提醒我，儘管他不會推開我，卻也不會擁抱我。

這是他的溫柔，也是他的冷酷。

「韓颯。」

「結束了嗎？」

「你真的很討人厭。」

「我從一開始就沒有掩飾過。」

「欸，不喜歡你的趙季妍、和喜歡你的趙季妍，還有喜歡過你的趙季妍，對你來說會有不同嗎？」

「沒什麼不一樣。」

「不管哪個，反正你不喜歡的通通都一樣嗎？」

韓颯終於採取了動作，把硬是賴在他身上的我一把扯開，誇張的整理了他發皺的上衣，瞥了我一眼無情的轉身走開。

沒有選擇我只能追上。

韓颯還沒有回答我的問題，過去的我絕對會窮追猛打，但我突然想，或許沉默便意味著他的回答，有些時候不說話反而是種體貼。

然而他卻又在我沒有預期的接口拋出了言語。

「對我來說趙季妍就是趙季妍，沒有種類的差別。」

「所以說，我對你來說還是有點特別的囉……」

「不要靠過來。」

他擺出厭惡的表情拉開我的手，沒有勉強也沒有刻意，就只是我印象中極其普通的那個韓颯，「好朋友要相親相愛嘛。」

「誰跟妳是朋友了？」

「這種小事我自己決定就可以了啊。」

「趙季妍。」

「幹麼？」

「想知道許穹毅對我說了什麼嗎？」

「你會告訴我嗎？」

「把手放開，離我一公尺遠，我再告訴妳。」

我順從的鬆開手，反正本來就只是為了惹惱他，畢竟我才剛向他告白韓颯卻仍舊一臉平靜，即使不抱有期待也還是會感到鬱悶；往後退了兩步，仔細斟酌著「一公尺」的長度，滿意之後我抬起頭，韓颯卻揚起他的長腿快速的往前走。

「韓颯你這個騙子——」

他突然打住，旋身示意我暫停移動，由於太有魄力我只能乖乖僵在原地；韓颯唇邊似乎掛著淺笑，但太過若有似無而難以肯定，但他略帶挑釁的挑起了眉，這點則是清清楚楚。

「他說——」

「說什麼？」

「我忘記了。」

如果韓颯的試圖是吊我胃口，那麼他徹底成功了。

比起告白、或者告白失敗這些事，塞滿我腦袋的反而是「許穹毅究竟對韓颯說了些什麼」，但拚命思考也得不到答案，唯一掌握內容的兩個人共同說辭都是：「我忘記了」。

簡直是共謀。

「妳這樣我有點困擾。」

「我做了什麼？」

「就是因為什麼都沒有做。」璟儀可愛的嘟起嘴，一把抓起桌邊的帆布袋，攤開來裡頭是兩大包的面紙，「我已經做好安慰妳的準備了啊，連要說什麼話都打過草稿了，結果妳一副無關緊要的樣子。我很困擾。」

「那麼希望我哭嗎？」

「也不是啦……」言不由衷。環儀的臉擺明寫了這四個字。「我一直很想安慰失戀的死黨嘛，雖然我的朋友不少，但死黨只有妳一個啊，好不容易碰上妳失戀了……」

「『好不容易』這幾個字聽起來超刺耳的。」

環儀無辜的傻笑起來，偷偷把面紙收回原處，但瞄了我一眼後又默默嘟起嘴：「那天孟翎抱著妳大哭，我好羨慕……」

「夠了。」

環儀哀怨的嘆了口長長的氣，無視她就好，但能像這樣毫無顧忌的談論著告白、失戀，彷彿那不過是日常的某些片段；事實上也是，無論把喜歡膨脹得多大，那終歸是生活中的浮光掠影，越是以特別的目光審視，越是看不清具切的樣貌。

能稍微體悟到這點，也許就意味著自身的成長吧。

「妳還是可以安慰我啊，像是請我吃冰淇淋鬆餅或是草莓聖代之類的。」托著下巴我把玩著環儀柔順的髮尾，「大概是韓颯打從一開始就擺出拒絕的態度，我也就沒有多餘的期望，既然沒有期望，當然不會有什麼落空感，雖然有點難過，但還在能夠承受的範圍；而且比起被拒絕，我最擔心的是和韓颯的友情會扭曲變質，一且沒有這個疑慮，沉重感也就連帶被消除了。」

「雖然喜歡他，可是身為朋友的韓颯更重要，是這樣嗎？」

「應該吧。」

「韓颯回來了。」

順著璟儀的視線我瞥了左後方一眼，她熱切的朝韓颯招手，但即使把手揮斷無情的傢伙也不會心生憐憫，結果當然是璟儀拉著我移動到韓颯跟前。

他連抬眼也沒有，自顧自的讀著書。

「放學一起去吃鬆餅吧，不好好療傷的話，季妍的傷會好不了的。」

「不去。」

「可是三個人點兩樣剛好啊。」

「就算妳們兩個神經粗得媲美烏賊，這種莫名其妙的聚會我也不想參與。」

「意思是韓颯你會在意嗎？」

他忍不住翻了個白眼，冷冷瞪視著璟儀，儘管我和璟儀稱得上截然不同，但論摧殘韓颯意志這點大概是差不多的。

韓颯非常缺乏誠意的點了兩下頭：「拒絕趙季妍之後我覺得非常愧疚，在意得不得了，所以短時間內沒辦法面對她，也無法跟她最好的朋友相處，如果可以的話，我希望妳們兩個給我多一點空間，最好保持在半徑三公尺以外，連眼神的偶然交會也不要。」

「欸，韓颯。」

「不要跟我搭話更好。」

「你自己說過『對方做不到的事要求也沒用』，而且比起『喜歡的韓颯』我選擇了『朋友的韓颯』，既然身為朋友，多少要負點責任。」

「不去。」

我整個人趴在韓颯桌上，拙劣的擠出難過的滑稽表情，我並不是完全不在意，但只要像這樣無所謂的打鬧，藏匿在心底的特殊感情就會逐漸稀釋了吧。

韓颯把書反蓋在我的頭上。

「改天吧。」

我抓下箝制住我的書，爬起身望著韓颯：「改天是什麼時候？」

「等妳下次失戀再說吧。」

「你真的很討人厭。」

「既然討厭就離我遠一點。半徑三公尺。」

「就是因為討厭才不會讓你過得那麼輕鬆愉快。」

托起右腮我的視線不經意滑過窗外，也許那正是一種恰好，和朋友談笑著的男孩在同個時間點抬起了燦亮的雙眼，在半空中形成了偶然的交會。

他將笑泛得更開，對著我，又或許不是，可能只是他和朋友的對話有了更精采的發展；他沒有放緩腳步，也沒有抬起手愉快的揮舞，唯一能夠稱得上變化的也就只有方才那不知為何揚得更燦的笑容罷了。

他就這麼踏出了我的視野。

不拖泥帶水，也沒有任何留戀，我不自覺聚攏了眉心，對隱約如同薄霧般的悶滯感到些許納悶，但璟儀的聲音拉回了我的注意力。

但真正讓我完全清醒的是韓颯意味深長的眼神。

「為什麼用這種奇怪的眼神看我？」

韓颯滿不在乎的將書闔起，我以為他又試圖無視我，但他再度打破我的預想：「現實果然比書精采多了。」

接下來的幾天我偶然遇見許穹毅七次，如果嚴苛點限制「彼此都有意識到對方」大概只剩下三次，兩次是他和朋友從走廊經過，一次是在籃球場旁的洗手台旁。

如果非得追究的話，那不能被數進偶然當中，而是我先行發現轉開水龍頭預備捧水洗臉的許穹毅，我才「突然覺得」手好像該洗一下，並且以拙劣的演技假裝自己真的是極其訝異的發現從洗手台抬起頭的人是他。

「我沒發現是你。」

我認真的搓洗著自己的雙手，從掌心、指縫到指尖，以一種過度強調「我真的只是要洗手、而且我就只是在洗手」的姿態；但他簡單的點頭，咧開明亮的笑容，隨興的抹去臉上的水漬，殘留的水珠在日光照耀下顯得閃閃發亮。

關緊水龍頭，我和他之間充當理由的水聲戛然停止，取而代之的是一股稱不上是沉默的停頓，我已經跟韓颯告白了喔，這句話幾乎要衝出口，但卻卡在幾乎的邊緣。

這種急迫感簡直像是要證明「我這邊的喜歡已經整理好了喔」。

我甩了甩頭，不是這樣，只是因為許穹毅始終支持並且鼓勵著我，因此好不容易跨過了障礙理所當然想讓他知道；然而身體裡卻又有另一股力量阻止著我，於是話語無法被輕易拋出。

顧慮。

也許是這種感情。

從某個瞬間開始有了分歧，我想，大概是當他直率的說出「我沒辦法那麼坦然」的那一刻，始終覆蓋在他身上的朦朧感被掀開了；許穹毅的喜歡和一般人一樣，有明亮的面向，當然也有晦暗的角度。

於是他有了被傷害的可能。

而我有了傷害他的可能。

「我剛剛有看到妳。」

「是、是嗎？」

「準備要抄截的時候看見妳從另一邊走過來，結果分心就被對手甩開了。」他清脆的笑開來，撥弄著瀏海的動作不知為何透露著靦腆。「幸好妳沒看到。」

「看到也不會怎麼樣啊。」

許穹毅似乎沒有打算繼續這個話題，臉上依然掛著笑，他也沒有提起任何關於韓颯的事，如果我沒有主動攀談的話，也許他揚起笑之後就會揮手離開了吧。

——在那之前我不會主動跟妳說話。

許穹毅並不是刻意疏遠。而是一種忍耐。又或者是屬於他的承諾。

無論起點是何者，都讓人感到悶滯的不快，彷彿空氣裡的熱度裹著即將到達飽和的水氣，每一吋肌膚都被無形的重量與黏膩用力擠壓，這時候人冀望的已經不是乾爽，而是想祈求一場乾脆的滂沱大雨。

「我先回球場囉。」

「許穹毅。」

「嗯？」

「沒什麼。」明明感覺自己體內儲存著大量想對他說的話語，真正到了訴說的時刻卻找不到適切的字句，我斂下眼，幾乎是放棄般的垂下雙肩，「不是什麼重要的事。」

「只要是想說的事都是重要的，不過，等妳想說再告訴我吧。」

「嗯。」

許穹毅到底還是給了我一個奪目的燦笑，他從我身側走過，揚起若有似無的氣流，我跟著側過身，目送著他的背影。

有點難過。

皺起眉我抬起右手納悶的覆蓋上左胸口，難過，我的腦袋裡塞進偌大的問號，接著從那問號又分裂出細小的問號，綿延漫佈成一片汪洋。

「不舒服嗎？」

「什麼？」

「妳摀著胸口又皺著眉啊。」

我拿開手，朝璟儀搖了搖頭，「我只是覺得自己有點奇怪。」

「奇怪？」

「我也說不上來，有點悶悶的，大概是因為落差感吧。」

「什麼落差感？我完全聽不懂妳在說什麼。」

「就是本來對妳很熱絡的人突然變得有點保留，不是生疏，但就是有點顧慮……所以才會覺得有點難過吧。」

「雖然我不知道發生什麼事，但人通常都是在拉開距離的同時確認對方的重要性喔。」環儀拉起我的手，緩慢的往回走，「當然這不是好的驗證方法啦，畢竟，失去之後才有辦法比較清楚的丈量對方所佔的空間吧。」

「如果要失去才能確定，不是太殘忍了嗎？」

「所以啊，管他佔多少空間，覺得重要的人當下就要好好保護啊。」環儀湊近了些，故作神秘的壓低音量，「我偷偷問過韓颯喔，為什麼改變心意，他居然回答我了。」

「他說什麼？」

「有人對他說，一個人之所以失去另外一個人，並不是因為傷害，也不是因為拒絕，而是因為無視對方的感情。」

環儀刻意擠壓的聲音顯得有些失真，傳遞進我的耳裡彷彿不是屬於她的，而是疊合上另一道熟悉的振動：

「人所做的一切努力都是想讓對方看見自己吧。」

我不明白為什麼自己會站在這裡。

瞪視著眼前的白色按鈕，先前也上演過一次，儘管理由完全不同但心情的複雜程度卻沒有兩樣，咬著唇我扭捏的轉著右手手指，指尖刷過門鈴兩次卻使不上力。

明天再說吧。

我以龜速側過身，原地踱了幾步，用力深呼吸之後拉回身子果決的按下門鈴，幾乎沒有反應時間，掩住耳朵也擋不住的樂音震動著我的身體內部，差一點我就拔腿逃跑了；然而在那之前，我的動作硬生生卡在端點。

門沒有被打開。但男孩從巷弄的那端走來。

如果這一刻我還有餘裕進行思考的話，應該很容易就會判斷出也許和碰上男孩幾乎是一種必然，無論我有沒有猶豫與擺盪，也不管我有沒有按下門鈴，這跟下定決心無關，只要我旋身回頭踏上那段將近十五分鐘的歸途，必然會在某處與男孩有所交錯。

然而別說思考，我連最基本的反應都被掠奪，簡直像處於暫停狀態的遊戲角色一樣，除非對方拋出關鍵句，不然我大概就得維持相同動作直到天荒地老。

「趙季妍？」

我有些尷尬的扯開笑，左腳像是要轉移焦點一般踢著柏油路面，而這期間男孩一步一步拉近距離，不過幾個呼吸的事，他就已經站立在我面前。

「來找我嗎？」

「如果要這麼說的話也不能否認啦……」

他沒有理會我迂迴的喃唸，揚起久違的燦爛笑容，瞇起眼像是要把整片風景都染上他的笑意一般，暖暖的，沁入我的肌膚。

「要進去我家嗎？今天我媽跟我哥會晚一點回來。」

「不、不用了。」

「過去一點有河堤，很多人狗喔，要去嗎？」

「嗯。」

我的腳步異常緩慢，彷彿抱持著想拖曳時間的意念，走在我右側的許穹毅同樣放緩了速度，踩踏著被拉長的影子，一步，之後是另一步，像是為了到達，也像是為了不要到達。

「不問我為什麼突然來找你嗎？」

「妳會說就會說吧，什麼時候要追問、什麼時候不能追問，我不是很擅長分辨這種事，但真正想說的話不管怎麼樣就會想辦法說出來，我是這樣想的啦。」許穹毅慵懶的伸了個懶腰，露出有些孩子氣的笑容，「不過，妳之所以在這裡的理由也不是很重要，反正妳就是在這裡啊，對我來說最重要的是這點啊。」

——妳就是在這裡。

抬起頭我望向他的側臉，不自覺的停下腳步，而他晚了幾秒鐘才發覺我的停頓，跟著止住移動時我和他之間已經隔了一段距離。

這就是所謂的落差嗎？

「我跟韓颯告白了。」我輕扯唇角，但手卻透著微弱的顫抖，「符合預期的被拒絕了。」

許穹毅往前走了兩步。

伸出右手輕緩的放在我的頭上，什麼話也沒說，或許什麼話都不需要被說出口。

眼淚掉了下來。

「雖然我很喜歡韓颯，但看見妳哭，我還是想揍韓颯。」

「許穹毅……」

「我會忍耐啦，不用擔心。」他溫柔的拍著我的頭，「我的書包裡塞了很多包面紙，拚命哭也用不完的量，所以妳沒有必要忍耐。」

「明明就沒有那麼難過，可是不知道為什麼就是很想哭……」

「反正想哭就哭啊，理由什麼的不是很重要，只要妳哭我就會安慰妳。」

理由怎麼可能不重要？

在你面前的趙季妍正為了一個與你無關的男孩難過、為了一份與你無關的喜歡流淚，你怎麼可能不在意？你怎麼可以用這麼寬容的笑看著我？你怎麼可以獨自吞嚥所有苦澀？

這些你都知道吧。卻還是反覆的、反覆的說理由不重要，用著明亮的表情和輕快的語調，但耗費心力安慰我的你，又有誰來安慰你？

笨蛋。

為什麼我會因為你這個笨蛋而拚命掉眼淚？

明明失戀的是我，為什麼我先想到的卻是你的難過？

「你這個笨蛋——」

「妳最近一直說我是笨蛋耶。」

「因為你就是。」

「好吧。」

許穹毅有些無奈的笑了，但沒有任何反抗的意思，他又往前踩了一步，消弭了我和他之間剩餘的距離；他輕巧的將我拉到胸前，手依然柔緩的拍著我的頭。

我的淚水沾濕了他的襯衫。

「我像是在利用你一樣，被拒絕之後厚臉皮的跑到你面前尋求安慰……許穹毅，其實我正在傷害你吧……」

「我是很難過。」他的動作停住了，我不自覺的扯住他的衣襬，「但是我剛剛說過了，妳現在在這裡，對我來說這才是最重要的事。」

「你就不能多在乎自己一點嗎？」

「我也沒辦法。」他似乎是笑了，但在他懷裡的我瞧不見他的神情，「喜歡這種事，就是無條件把對方擺在最優先的位置吧。」

「許穹毅……」

「嗯？」

「為什麼喜歡我？」

「不知道呢。就是某一天的某一秒鐘忽然發現自己已經很喜歡妳了，既然如此，回過頭尋找理由都只是自己單方面的解釋而已，而且不管理由是什麼，那都是因為妳啊。」

我陷入一種微妙的混亂。

講台上的物理老師正在仔細描繪行星軌道，四周響起抄寫筆記的沙沙聲響，我用紅筆有些散漫的畫著橢圓，大R小r這類的符號對我而言是太過細膩的劃分；抽象的概念容易被混淆又難以解釋，包括空間包括時間，也包括諸多感情。

一不小心我就在筆記本正中央寫下了「許穹毅」三個字。

愣愣的反覆讀著這三個字，隔了一陣子像是終於找回思考能力般拿起修正帶覆蓋掉，我輕嘖了聲，大概許穹毅本來就應該被歸類在抽象地帶。

「不收東西嗎？」

「喔。」

最後一堂課所有人的動作總是迅速敏捷，我慢吞吞的整理著桌面，璟儀早已安坐在我前方的位置等候，我們約好放學後去游泳。

孟翎心煩時就拚命游泳耗盡所有力氣，既然這是她長久以來的習慣，大概有一定的參考價值。

思緒一片空白的瞬間說不定會留下問題的本質，類似浮水印之類的不顯眼痕跡；困住人心的癥結通常不是問題本身，而是歷經思考後反覆附加的絲線，沒辦法像捆毛線球一樣規律的繞著紙捲，最後便纏成一團亂七八糟的結。

本來也約了孟翎，但她毫無猶豫的選擇跟班上同學去吃飯，主因當然是其中有著某人。

不過這也算是她率直的體現。

「韓颯呢？」

「他說他自己去，反正他從來沒有合群過。」

「也是。」

璟儀把玩著髮尾，搖頭晃腦的模樣非常可愛，我拍了拍她的頭，「我好了，走吧。」

游泳池離學校很近，但大多數同學會特地到半小時距離外的新體育場，新舊是原因之一，不過更根本的理由大概是對游泳不感興趣，比起籃球或者網球之類的運動，游泳確實需要大費周章，無論是場地或者穿著，缺乏所謂的方便性。

願意耗費大量時間從事無聊的事，卻又在某些事物上極力追求方便性，青少年大概就是蘊含著強烈矛盾與衝突的物種。

開始講究合理性的瞬間，人就逐步脫離了青春。印象中這是小蔓姊姊說過的話。

我和璟儀才剛踏進體育館，濃度過高的消毒水氣味毫無阻隔的衝鼻而來，我不自覺皺起眉，但身旁的璟儀卻沒有動搖，依然是愉快的輕晃著她的腦袋。

「不覺得消毒水味道太重了嗎？」

「我有憋氣喔。」她呵呵的笑著，「不過重新吸氣之後簡直是濃度加倍，可是接下來的第二次呼吸就完全不夠看了。這是我獨創的克服法。」

「沒辦法忍耐第一次的濃度加倍不就完蛋了嗎？」

「想那麼多就找不到對策了啊。」

「是這樣沒錯。」

兩個人換完衣服便有一搭沒一搭的進行著伸展，沒有意外水裡有一個抹香鯨男孩自顧自的滑過，我輕嘖了聲，抬起眼卻看見應該在水裡的抹香鯨居然站在長椅邊喝水。

這是怎麼回事？

「啊、韓颯在那邊。」

璟儀的聲音肯定了韓颯的真實性，我又望向泳池，抹香鯨二號依然故我，不是幻覺，我瞇起眼更仔細的看了會兒，顏色不同，抹香鯨二號的膚色似乎深了些。

抹香鯨二號游到底之後停了下來，以相當爽颯而搶眼的姿態破水而出，他甩了甩頭，摘下泳鏡，接著踩上梯子，輕快的往韓颯走去。

抹香鯨果然是群聚生物。

「……許穹毅？」

抹香鯨一號二號散發著截然不同的氛圍卻和樂的站在一塊兒談笑，談笑，這個辭彙沒錯，不只萬年掛著燦爛笑容的許穹毅，連臉部肌肉僵硬的韓颯也顯得愉快異常。

這違和感太強烈了。

璟儀無視於巨大的不協調感，拉著我便往抹香鯨聚集處前進，甚至愉快的揮手，連最後一抹脫逃的曙光都給消弭了。

但我為什麼要逃？

「我約許穹毅一起來的。」

韓颯這句像是解釋又彷彿想堵住別人聲音的話先發制人的拋了出來，許穹毅清爽的笑和剔透的水珠相互輝映，我有短暫而難以說明的怔忪；韓颯勾起非常討人厭的那種微笑，彷彿正在算計些什麼一樣，不喜歡肢體碰觸的他居然抬起手搭上我的肩膀。

「你幹麼？」

「提醒妳注意視線的分配比例。」

「什麼意思啦？」

「按照常理而言，對於喜歡的對象應該投注大量的注目，如果記得沒錯的話，妳似乎是喜歡我。」

「你突然發什麼神經？」甩開韓颯的手，順便瞪了他一眼，這傢伙是蓄意刺激許穹毅嗎？一點也不顧慮別人感受。「你那麼聰明應該知道什麼叫做『移情別戀』吧。」

「嗯哼。」

「這又是什麼意思？」

韓颯以挑起人怒火的方式聳了肩，像對待大型犬般輕拍我的腦袋，我瞪大雙眼仔細注視著他，試圖從他怪異行徑中探詢出一絲線索。

他居然笑了。

那笑容之中夾帶著某種微妙的流轉，我不自覺皺起眉心，他的唇似乎醞釀著言語，這讓我更加專注的盯望著他。

「這麼一看……」他稍微瞇起眼，「妳好像胖了點——」

什麼？

鋪陳那麼久就為了說這個？

「你真的很討人厭耶。」我還想說些什麼，但手突然被哪個人抓住，等到我察覺時人已經被許穹毅拉著往另一邊走，「你、你做什麼？」

許穹毅不理我。

一定是被韓颯帶壞了。好的不學淨學壞的。

「欸，許穹毅！」

終於他停了下來。非常突然的。以至於我和他太過靠近了一點。但這瞬間的氣氛吞噬了所有移動的可能，於是我只能眼睜睜的張望著兩人的靠近、並且體認著兩人的靠近，而無法後退。

「我還是太小氣了一點。」

「什麼、意思？」

「妳剛剛都只看著韓颯，雖然知道這是沒辦法的事，但是突然就忍不住呢……」

許穹毅的眼睛瞇瞇的，唇邊掛著不好意思的淺笑，然而笑意卻相當稀薄；我不自覺咬著唇，濃烈的消毒水味包覆著我的鼻息，人的一舉一動都能輕易的傷害另一個人，我這麼想著，於是便開始害怕起自己的下一個移動。

「對不起，這樣突然把妳拉走也很奇怪，我有時候就是會太衝動……」他斂下眼，輕輕鬆開手，熱度從那瞬間開始膨脹，「我先回家吧。」

我下意識拉住他的左手，阻止了他的退後。

「韓颯跟璟儀不會在意這種事，就算現在走回去他們也不會問，你看，他們根本不打算理我們，已經在泳池裡了。」

「妳不生氣嗎？」

「我脾氣才沒那麼差。」我扯開了嘴角，不知為何精神有些緊繃，有些後知後覺的放開手。「我可以問一個問題嗎？」

「什麼問題？」

指尖輕輕的顫抖，我將手偷偷藏到身後，斂下眼迴避著他過於專注的雙眼。

「我也不知道怎麼說，但你之前明明不是很在意，可是突然……我已經被韓颯拒絕了啊，所以，應該……嗯，我……」

簡直語無倫次。

我有些挫敗的止住了聲音。

「跟妳沒有關係。」他的嗓音緩緩的落了下來，「是我的問題，單純是我這邊的問題，本來覺得無所謂的事情，超過了某一條線之後卻沒辦法忍耐，但明明就是相同的事情；這就是我不夠成熟的地方，像個小孩子一樣，輕易的就被自己的心情影響，結果做出讓很多人覺得困擾的事。」

許穹毅的嘆息若有似無的。

但最後他還是選擇對我揚起明亮的笑容：「我去拜韓颯為師吧，請他鍛鍊我的心志。」

「那傢伙會把你折磨到連心志都不剩，你還是打消念頭吧。」

「不過，跟在他身邊的話，我也會一併進入妳的視野吧。」

「不要用爽朗的表情開這種玩笑。」

我的心猛然揪緊，拙劣的試圖掩飾自己的動搖，甚至下意識的扯住他的手。

下一秒旋即又對於自己的動作感到不知所措。

「趙季妍。」

「嗯？」

「沒事。」

許穹毅朝著我揚起無比炫目的燦笑，明明他就站在我面前，非常靠近的面前，遙遠感卻在某一瞬間竄進我的胸口；還抓住他的我的手不知不覺更用力了些。

我跟著揚起淺淺的笑，不知為何，對於此刻他耀眼得太過刻意的弧度我感到一股惆悵，想說些什麼安慰他，卻突然想起自己是他不得不忍耐的主因，結果什麼忙也幫不上。

你這樣就好。

就連如此簡單的話語，依然被嚥了回去，於是只能扯著嘴角，也就剩下空泛的弧度而已。

□

你這樣就好。

因為你就是你，而不是任何人的附屬。

這一點，我真的，非常想讓你知道。

12□

雲與薄荷糖 It Might Be You

太陽很大。

熱。非常的熱。豆大的汗滴滑過我的額際，抬起手胡亂抹去後卻又旋即被沾濕，重複幾回後我決定不去理會那濕黏的感受，拖著沉重的黑色垃圾袋像蝸牛般緩慢往前走。

漫長的路途彷彿無止無盡一般，四周傳來的喧鬧聲像被哪個人裝上一層厚玻璃阻隔開來，我恍惚的停下腳步，但身旁當然沒有厚玻璃這種東西。

我又走了幾步，手邊的重量忽然輕了大半，愣了幾秒鐘我才抬起頭，在刺眼的日光底下我迎上某個具體卻模糊的輪廓，直到他揚起笑容，我的思緒終於歸位。

「許穹毅？」

「剛好路過看到妳好像很吃力的樣子。」

「我只是熱。」

「那也沒關係，反正我沒事。」

「不用打掃嗎？」

「掃完了。」他的額際也沾滿了汗，透著光，彷彿每顆水珠裡都藏著彩虹，「為什麼只有妳一個人？」

「我是值日生，璟儀重感冒請了兩天假，這個重量我覺得自己拿沒有問題。」

「是喔，我看大部分女生就算東西很輕也還是要一起走，以為妳怎麼了。」

其實有幾個同學主動要幫忙卻被我婉拒了，雖然是感情不錯也聊得來的女孩，但偶爾會渴望擁有短暫的獨處空間，想處在不必考慮其他人、專心在自己的小世界就好的片段。

但我卻由著許穹毅陪我繼續走。

「所以當男生還是比較輕鬆。」

「可是會被女生奴役啊。」許穹毅把臉誇張的擠成一團，「女生超可怕的。」

「那你還靠近我？」

「所以我很勇敢啊。」

「需要誇獎你嗎？」

「不用啦。」他靦腆的摸了摸頭，也不知道是真的還是假的，「今天我陪妳回家吧。」

「為什麼？」

「其實我每天都這樣想啊，不過應該會讓妳很困擾，而且妳不是跟韓颯一起走嗎？」

「那只是順路——」

「無論理由是什麼，讓人羨慕的事就是羨慕啊。」他的笑容一貫的爽颯，許穹毅稍微施力便輕鬆的讓兩人手中的重量拋擲進巨大的桶子裡，「拚命追著理由想讓自己的心情變好，或者說服自己不要在意，對我來說這都是拐彎繞來繞去而已，反正到了最後還是會繞到本來就會到的地方，既然如此就沒必要那麼糾結了。」

「要坦率的面對自己比想像的還要難上一百倍。」

「所以我就說我是勇敢的人。」他呵呵的笑著，「對吧？」

「嗯。」

「妳這麼乾脆的點頭我會有點害羞耶。」

「明明就是你自己先誇耀的。」

「也是啦。」

我和他在洗手台邊認真洗著手，嘩啦啦的水聲暫時取代了對話，我猜想是我單方面的感覺變質了，與許穹毅相處時儘管一如往常的讓人安心，卻能察覺一股若有似無的緊張感；彷彿我和他並不是在一條筆直而無盡的平坦道路上往前走，而是踏在曲面之上，必須先以腳尖試探前方是不是存在著能夠前行的平地。

那麼，下一步我會不會就這麼踩空？

「妳還沒回答我。」

「什麼？」

「陪妳回家的事啊。」

「改天吧。」

「嗯。」

許穹毅很爽快的點頭，沒有耍賴也沒有顯露失望，如同他說過的，他總是做好「能接受趙季妍所有回答」的準備才出現在我面前；但是這樣，我又能看見多少真正的許穹毅？

那天在泳池畔他短暫的脫軌反而讓人感到踏實。

我不知道許穹毅究竟默默的吸收消化掉多少重量。無論是他自身的。或者是我的。

「不失望嗎？」

「失望啊。」

「雖然你會說自己失望或者難過，但你總是在笑。」我轉身面對他，抬起濕漉漉的手輕輕貼放在他的唇邊，我不是很明白自己的舉動。「一開始會對這樣的態度覺得很輕鬆，因為我不想背負與我無關的感情，但是，開始在乎你之後卻覺得很生氣，我們是朋友不是嗎？這些事應該要一起分擔才對吧。」

他斂下笑。安靜的凝望著我。

最後將手覆蓋在我的手背。

「好像有點開心呢，聽到妳說在乎我。」

「我、我不是想說這個，我是說——」

「我知道。」他用著非常溫柔的口吻打斷了我的話語，我能感覺到他微微扯開唇角的力量，「但還是很開心。」

「我只是希望你不要勉強自己。」

「可是如果不勉強的話，妳大概會很生氣。」

「為什麼？」

許穹毅沒有回答我，取而代之的是他的傾身向前，還來不及反應我只能被動的張望著他的動作，感覺他溫熱的唇畔貼上我的，腦袋一片空白，似乎應該做些什麼，推開他，應該這麼做的，但我只是愣愣的站在原地，直到他拉回身子，回復到起先的樣態。

此刻我和他的狀態和一分鐘前的狀態乍看之下完全沒有差別，但兩個人之間已經染上徹底不同的顏色，晚了好幾步我才反應過來，硬生生的退後兩步，瞪大眼睛看著他。

「你——」

「就說了妳會生氣。」

我很錯愕。我很詫異。甚至我很驚慌。但沒有，我的身體內部沒有類似生氣的感情，我突然覺得自己的喉嚨相當乾渴，這當然不是能夠坦率回答的內容。

唯一的方法只剩虛張聲勢。

「所以你滿腦子都在想這些嗎？」

「也不能這樣說……」

「從今天開始你給我保持三公尺以上的距離。」

「這樣很遠耶。」

「不管。」我旋開水龍頭將水噴向他，但弄巧成拙兩個人都被水沾濕，「你給我清醒一點。」

趙季妍，妳也給我清醒一點。

關起水我整了整衣服，佯裝氣惱的瞪視著許穹毅，他還是在笑，笑得非常燦爛，最後他居然無視我的張揚趁隙握住了我的手腕。

「又想做什麼？」

「趙季妍。」

「怎樣？」

「要吃薄荷糖嗎？」

「不要想轉移話題。」

「失敗了嗎？」他說，極其自然的往前靠了一步，手還抓住我的，莫名的張力覆蓋著我，呼吸有些紊亂，而這一切在他漾開的唇邊膨脹到最大。「已經遲到了。」

什麼？

許穹毅突然拉著我往回跑，沒有反應的空間我只能奮力跟上他的步伐，天氣還是一樣非常的熱，我不是很明白，但突然想，不要那麼快明白或許是好的。

直到很久以後我才終於明白，這份讓人不願太快抹去的模糊，原來稱之為曖昧。

「季妍，妳在想什麼？」

「妳說什麼？」

愣了一下我才想起來自己坐在璟儀家客廳，斜對面還有硬被抓來的韓颯，名義上是探病，但璟儀早就像沒事人一樣來回穿梭，翻找出一堆零食意圖開派對。

「對不起……」

「明明就是來看我，結果一股腦的沉浸在自己的世界裡面，我好難過喔。」

「開玩笑的啦。」璟儀露出可愛的笑容，水亮的眼睛眨啊眨的，「我請假的這兩天有發生什麼事嗎？」

「沒有。」

「這回答也太快了吧。嘖嘖。很奇怪喔。」

「哪、哪有。」

「真的沒有嗎？」她轉向韓颯，韓颯一臉不想參與，乖僻的喝著麥茶並且翻著他自己的書，環儀狐疑的瞇起眼，湊到我面前，「有秘密。」

「不要因為無聊就妄想。」

「就是因為無聊才妄想。」環儀嘟起嘴，似乎打算放棄這個話題，卻挑起了我預想之外的接續，「我昨天遇到許穹毅。」

「妳不是在養病嗎？」

「病人也是要吃晚餐的啊。」

「然後呢？」我假裝不很在意的打開玉米片包裝，擺出專注於零食而許穹毅的話題純粹只是拿來配的樣子，「只是遇到也沒什麼啊。」

「本來想打招呼的，但那好像不是能參與的場景……」

什麼？

話不能講清楚一點嗎？

「是喔。」

「嗯。」

點什麼頭？繼續說啊，不要挑餅乾了，妳左挑右挑也只會拿抹茶口味的零食，既然如此就不要三心二意，塞進兩片餅乾就繼續把話說完啊！

我過度用力的咀嚼著酥脆的玉米片，不尋常的煩躁佔據我的心思，偏偏在場的另外兩人都閒適自在，我也只能暗自吸了口長長的氣，等著環儀的話語。

「許穹毅跟一個女生在說話，雖然聽不見他們在說什麼，但他的表情很嚴肅，所以我決定買完晚餐就趕快走。」她喝了一口麥茶，語調軟慢得讓人心塞，「不過還是被許穹毅發現了。」

「然後呢？」

「我很禮貌的對他笑，之後就跑掉了。」

「什麼？」

環儀不好意思的笑了笑，「沒辦法啊，我的處境超尷尬的吧，而且我跟他也不熟。」

話題就到這裡結束。

對環儀而言就只是一段偶遇，拿來佐茶配餅乾的閒聊，無論有沒有後續都無關緊要，總之她不過試圖抽出與平日風景不那麼相同的片段，重要程度可能還低於「我家隔壁妞妞生了三隻寶寶」或者「早餐店居然一口氣漲了五塊錢」；然而我很在意，沒有必要否認，我確實在意得不得了，但這也不是追問就能釐清的事。

直到離開環儀家我的思緒仍舊盤旋在這件事上。

女孩。嚴肅的表情。不尋常的氣氛。而那之中的主體是許穹毅。

我為什麼要那麼在意？

「妳這種走路方式是想襲擊路邊的電線桿嗎？」

「什麼？」

「妳，」韓颯猛然揪住我的後領，被迫抬頭的我赫然發覺灰色的電線桿以壓迫的近距離正對著我，接著他又毫無預警的鬆開手，「眼睛是用來裝飾的嗎？而且還是品味不好的那種。」

「有必要加後面那句嗎？」

韓颯很惡劣的聳了肩。

下一秒鐘我便處於完全無法理解的境況當中，韓颯抬起雙手將我箝制於狹小的空間裡頭，我的背抵著粗糙的水泥牆面，屬於他的熱氣包覆著我整個呼吸。

「你、你要做什麼？」

「反正妳從來就沒有搞懂過我的意圖，又何必問呢？」

「所以、所以才要你回答啊。」

「我是那種會回答的人嗎？」

「有時間說一堆廢話，倒不如——」

韓颯突然傾身向前，靠得非常近，近得讓那呼吸撲打在我的鼻尖，我試圖抬起手推開他卻早一步被看穿，他攫獲我的兩隻手，挑起相當惡趣味的微笑。

最後他放開我，彷彿沒事人般退了兩步，我有些生氣的扯住他的背帶想詰問他，某個人的臉龐卻跳進我的視野；身體突然繃緊，下意識在腦海裡搜尋所有解釋，卻發不出任何聲音。

接著他轉身離開了。

沒有笑。也沒有其他表情。

花了很長一段時間我才察覺自己站在學校側門，我有東西忘了拿，我想起韓颯剛剛是這麼說的，但那樣對我說的人只是不發一語的拉開我的手，接著扯著我的手腕往回家的路途走。

東西不拿了嗎？

我很想那麼問，但盯望著韓颯的背影我卻感到異常憤怒，他是故意的，絕對是故意的，我用力甩開他的手，跑到他面前擋住他的去路。

「為什麼要這樣？」

「哪樣？」

「你是故意的吧，知道許穹毅和朋友在學校打球，才特地繞回學校，還表現出和我很親密的樣子吧。」全身無法遏制的開始顫抖，方才許穹毅一閃而過的神情狠狠刷過我的臉頰，「到底為什麼要這樣？」

「讓他乾脆的死心不好嗎？」

「……什麼？」

「既然妳不希望他受到傷害，這麼做是最好的。」韓颯冷冽的雙眼裡有著我的倒映，我突然感到有些退縮卻動彈不得，「沒有期望就不會有落空。」

「我——」

韓颯不給我任何退卻的選擇。

手腕有些吃痛，他過於冰涼與清脆的嗓音重重敲擊著我的精神，而銳利的雙眸筆直貫穿我的動搖。

他說。

「一直給他若有似無般的希望的妳，才是會深深傷害他的人。」

傷害。

韓颯如刀刃般的話語還插在我的胸口。

見到許穹毅的時候他還是一如往常的掛著笑，以輕快的口吻說著各式各樣的話語，彷彿那天的情景不過是一種想像，沒有在誰的身上留下任何印記，我和許穹毅各自站在輕鬆愉快的距離。

距離。就是這個辭彙。

儘管我不擅長分辨細微的差異，但強烈的感受性足以放大一切細瑣，不需要三公尺的長度，只要一段接近卻無論如何都不會擦過對方衣袖的空白，便足以宣告兩人的距離。

偶爾會拉住我的手的許穹毅，偶爾會輕拍我的頭的許穹毅，偶爾手臂會在坐下時擦過我手臂的許穹毅，偶爾會提起想送我回家的許穹毅，還有，偶爾會在對話的途中冒出「我喜歡妳」的許穹毅，以那天的那一瞬間作為分水嶺，通通消失殆盡。

他正在收回他的喜歡吧。

我應該對這點感到慶幸才對，如同我對韓颯一樣，往朋友的喜歡多加一點，接著把不屬於朋友之間的喜歡拆解消化，透過他的拒絕，也透過我的捨棄；我沒有失去韓颯，也沒有失去自己，不過是回到沒有額外喜歡的原點。

我和韓颯依然輕輕鬆鬆的相處著。

如同此刻，我和許穹毅同樣輕輕鬆鬆的相處著。

這是最成熟而近乎奢望的結果，我應該鬆一口氣接著充滿感激才是，但我卻像任性的孩子般挑剔著現況，偶爾伸出手拉扯住他的衣襬，非常自然的，口中說著「等我」或者「你這傢伙」的話語，但也就這麼多了，沒有其他足以延伸的理由，也沒有不收回手的理由。

「要吃薄荷糖嗎？」

「嗯。」接過許穹毅遞來的薄荷糖，像是會上癮的味道，沁涼的佈滿我的口腔，

「最近都沒有什麼雲。」

「雲也是需要放假的。」

「但就是有那種很想看到雲的時候。」

「妳心情不好嗎？」

「沒有。」我稍微停頓了下，「大概沒有。」

「大概沒有是什麼意思？」

「就是沒有特別讓人心情不好的理由，但心情好像有點低落，像下雨之前那種悶滯感，也不知道雨下不下，但充滿水氣的厚重雲層就是壓在那邊。」

「所以才需要時間吧。」

「時間？」

「對啊，要等上一段時間才會知道雨會不會下啊，這不是我們能控制的事情，既然如此，就做可以做的事就好，例如準備雨傘，或是不要曬被子之類的。」

「你有時候樂觀到讓人很討厭。」

「是嗎？」

「嗯。」我淺淺的笑了，用力伸了個懶腰，「到你手裡的事好像都變得很簡單，結果就會想『我那麼鬱悶是為了什麼』，這還不讓人討厭嗎？」

「我也有很多覺得難的事情啊。」

「例如什麼？」

「趙季妍之類的啊。」

「什麼意思？」我瞄了他一眼，他露出孩子般的笑容，「我人明明就很好。」

「就是因為太好了……」許穹毅的話非常小聲，彷彿自言自語，接著他站起身，我以為他會伸出手拉我一把，但他卻只是笑著等我站起來，「該回去了。」

「你剛剛說什麼我沒聽清楚，前面那句。」

「我沒說什麼啊。」他眨了眨眼，像是很認真在回想，但旋即轉了話題，「這個星期六有空嗎？」

「有吧。」

「要去海邊嗎？」他揚起炫目的燦笑，在熾烈的日光之下耀眼異常，「有個很漂亮可以看見龜山島的海邊，很早以前就想帶妳去了。」

「你從來沒有說過。」

「找不到適當的時間點吧，我哥說過，就算是微小的事，也還是需要一個適合的切入點。」

我總感覺今天的許穹毅透露著不同以往的氛圍，如薄霧一般，要看見他的話絲毫不受影響；然而細微的表情扯動卻難以掌握，大範圍的那種笑，像一種刻板的印象，因為許穹毅總是那樣張揚的笑，我卻沒有對那笑的把握。

「許穹毅……」

「怎麼了嗎？」

但我又有什麼資格任意揭開他想藏匿的內容物呢？

也許，如此自以為是的溫柔，就是韓颯所指的、希望。

「沒有。」斂下眼我輕輕搖頭，「希望天氣很好。」

13

有海的味道。

一踏出區間車撲鼻而來便是海的氣味，風不那麼大，但陽光非常燙人，背包裡放著一把晴雨兩用的傘，但我卻沒有撐開的心思。

這是個我第一次聽見名字的小站，但像許穹毅說的，景色漂亮得像一幅水彩畫，而畫的中間擺著一座烏龜形狀的小島，湛藍彷彿漿洗過的天空，一望無垠的海平面，還有男孩燦爛的美好笑容。

我忽然想牽起男孩的手。

但我沒有。

視線滑過我空蕩蕩的掌心，那之中擺著一點納悶以及一些不解，男孩明明離我那麼近，我卻湧生一股想牢牢抓住他的心思；我斂下眼，撇去那荒謬的念頭，進行一次深深的呼吸，海的氣味滲進整個身體，除了我和他以外這裡沒有任何人。

於是男孩的存在顯得過於張揚。

「我有時候會一個人來這裡。」他的聲音隨著風飄來，有海沙的細緻顆粒感，「繞著海邊走或是坐在旁邊放空，這裡很漂亮也很安靜，所以我偷偷藏起來沒有告訴過任何人。」

「那為什麼帶我來？」

「不知道，就是有種想讓妳也看見的念頭，我不是會想太多的人，不過這段時間我的腦袋好像也裝進複雜的東西了。」

「是嘛……」

「嗯，我覺得是這樣，我想，可能是因為喜歡吧。」他停下步伐，視線拋往海的那一邊，我凝望著他的側臉，與揚起的弧度，「就算是想偷偷藏起來獨享的秘密，但因為是美好的事，所以還是迫不及待的想分享，雖然是我的世界，但希望妳也在，大概是那樣的心情吧。」

——雖然是我的世界，但希望妳也在。

許穹毅的話語緩慢而確實的滲入我的呼吸，我想說些什麼卻失卻了言語，可能，這一瞬間並不存在著任何我所能拋出的適當的話語，於是只剩下呼吸與海風的摩擦聲。

我和他在距離海有一段距離的階梯坐下，海沙太過熱燙了些，連踩踏都能明顯感受到那龐大的熱度透過鞋底猛烈竄上；想抵達海洋就必須跨越那片沙灘，彷彿一種隱喻，我卻翻找不出隱喻的主體。

細緻的緊張刷過著我的肌膚，我望著島卻看不見島。

「其實帶妳來這裡是有些話想對妳說。」

側過頭我迎上許穹毅帶著淺笑的臉龐，我一直感覺他像男孩多一些，但望著遠方的他卻多出許多超出我印象的成熟感。

我幾乎能預料他即將說出的話語。

「我有點渴，先去附近的便利商店買點喝的東西吧，反正還有很多時間，如果想說些什麼——」

「趙季妍。」

比平時低沉的嗓音壓制住了我的慌亂，指頭絞動著短褲，我低下頭瞪視著眼前的碎石與海沙，許穹毅站了起身，他的移動清楚的傳遞而來，最後他深藍色球鞋踏進我的視野。

許穹毅蹲下身，炯亮的雙眼筆直注視著我。

他臉上掛著像是要安撫我一樣的笑。

「妳知道我要說什麼吧？」

咬著唇我沒有回答。

「就算是這樣我也還是想親口告訴妳，就像妳對韓颯的心情一樣，不管對方知道多少，在自己主動開口之前，這件事都沒辦法被放下。」

「……我知道。」

「我以為自己有一點希望的，不過人都會覺得自己有希望吧，結果那其實只是一種自己的希望。很拗口吧。不過大概就是那麼一回事。」他搖了搖頭，「我沒有立場要求任何的回應，但時間一久說不定會產生那樣的期待，就算理智上明白妳對我的好是把我當作朋友，但因為沒有明確的界線和答案，可能會自以為是的解釋，結果連朋友都當不成，我不想發生那種糟糕的狀況。」

他的語調一貫的輕快，幾乎讓人誤以為他不過是在談論龜山島的顏色與形狀，但不是，我和他正處於必須有所界定的邊界。

人都需要一個確實的立場才能拿捏所有的動作。

許穹毅的嗓音堅定而爽颯。

「趙季妍，我喜歡妳，很喜歡的那種喜歡喔。」

他泛開非常燦爛的笑容，清澈的眼毫無保留的透露著他的感情，海風吹動著他的短髮，也刺痛了我的雙眼，於是熱燙的淚水緩緩滴了下來。

「我有猜到妳會哭，所以帶了很多包面紙，雖然心臟有點痛痛的，不過這是妳第一次因為我流眼淚，有種很複雜的感覺。」他從口袋裡拿出面紙，但短暫停頓之後卻伸出手以指腹輕輕拭去黏附在我頰邊的水痕，「對不起。」

為什麼要道歉？

「以後我來這裡的時候心臟說不定都會痛痛的，但就算是這樣我也還是想帶妳來，想讓我很喜歡很喜歡的妳，看見我很喜歡很喜歡的風景。」

「許穹毅——」

「妳差不多該拒絕我了。」他收回手，突然消失的熱度放大了那片空白，「我知道這樣有點過分，不過我想拜託妳，就這樣不要回答我可以嗎？」

「我……」

「雖然我說過，我是做好了接受所有趙季妍的答案才見妳的，但是我好像有一點明白了，人大概沒辦法做好全部的準備，就算清楚妳的回答，我一開始也是為了那個答案才把話說出口，但到了真正要聽的時候，還是覺得沒辦法。」

他爽朗的笑著，但我卻在模糊之中瞥見他微微顫抖的指尖。

「結果我也是個膽小鬼。」

我拚命的搖頭，卻不知道該說些什麼，有些心急的傾向前，拉住了他的手，而那瞬間他尚未藏匿的顫抖便具實的傳遞而來。

「你不是膽小鬼。不是。絕對不是。」

許穹毅笑著。

「差不多該回家了。」他斂下眼，視線似乎落在我和他疊放的手，「我今天準備的勇敢好像快用光了。」

我不自覺更加用力的握住他的手。

有一種強烈的預感，一旦讓勉強掛著笑容的他毅然轉身，那麼我和他或許就只能永永遠遠的停格在這瞬間。

「我想看海。」

「嗯。」

讓他駐足於此是非常殘忍的舉動，我明白，卻隱約害怕著彼此擁有的時間應聲終結。

句點。他需要的。我卻不那麼想給。

最後許穹毅仍舊由著我，站起身時他似乎深吸了口氣，逆光之中我看不見他的表情，我想這對他而言是種勉強，但我的自私迫使我不去思考這一點。

我和他之間隔著一個人的空白，卻塞不進任何的什麼，曾經放在裡頭的他的喜歡似乎也成為一種殘影，隨著水氣一起蒸發。

「今天的天氣好像有點太好了。」

「雲可能還要好幾天才會出現。」

「許穹毅。」我環抱著雙膝，聲音有些文弱，「我會把你的喜歡仔細收好，放進很深很深的地方。」

他沒有說話。也許有。我看見他的唇若有似無的開闔，但振動傳不過我和他之間的空白便飄散而去。

「要吃薄荷糖嗎？」

「嗯。」

但我遲遲沒有將薄荷糖拆開，而是小心翼翼的握在掌心，彷彿我需要留下些具體的什麼作為這瞬間的證明。

不會隨著海風消散的證明。

水藍色薄荷糖擺在我的桌前。

趴在桌上食指擺弄著散發爽快感的糖果，我的心情卻一點也爽快不起來；把糖從左邊推到右邊，又從右邊移到左邊，繞來繞去結果只是反覆回到中心點罷了。

鬱悶死了。

許穹毅依然若無其事的掛著微笑，一如往常，沒有波動的，對，就是這些形容詞讓人莫名的煩躁：讓人一邊想著「他是不是拚命勉強著自己」，另一邊又想著「這傢伙難道真的調適力那麼強嗎」，但這又不是能發問的內容，於是沒有選擇只能卡在胸口。

結果成天想著許穹毅。

「妳又在做什麼？」

「不關你的事。」

「妳整天玩那顆糖果我看了很煩。」

「那妳不要看我。」

「連螞蟻路過我都覺得礙眼了，何況是妳這個龐然大物。」

哥哥一把抓起桌上的薄荷糖，我還來不及反應就聽見塑膠包裝被撕開的聲音，錯愕的站起身卻還是眼睜睜目睹薄荷糖被扔進哥哥嘴裡，他居然還喪盡天良的把塑膠包裝塞進我手裡。

他怎麼可以——

「你、你這個該死的混蛋。」

「還滿好吃的耶。」哥哥利用身高差與力量差距阻止我的暴衝，風涼的分享食後感，「反正妳又不吃，糖果的存在目的就是要被消化。」

「怎麼會有你這麼過分的人？把糖果還我、還我，還給我——」我搥打著哥哥厚實的手臂和胸膛，連日來的鬱悶一口氣從體內爆發，我一邊喊叫著一邊開始嚎哭，「你怎麼可以吃掉……」

對於我突如其來的情緒失控哥哥似乎也不知所措，爭食是我和哥哥之間的日常，儘管會拌嘴卻也不會真的感到憤怒；但不一樣，剛剛被吃掉的並不是食物，而是想好好珍惜的「證明」，他怎麼能這麼無所謂的一吞而下？

壞人。

十惡不赦的壞人。

「我買一整包給妳嘛，不要哭了啦，欸，趙季妍——」

「買不到買不到買不到，你到哪裡都買不到了啦……我討厭你，哥每次都這樣，我最討厭你了啦……」

我整個人趴在哥哥胸前嚎啕大哭，能感覺到哥哥安撫的拍打，他又給了各式各樣的承諾，比起一顆糖大上百倍千倍的彌補；然而，無論是多麼微小的事物，在某個人心底都可能是無可取代的存在。

那是唯一我能留下的，屬於許穹毅喜歡的碎片。

「喜歡的人送的東西嗎？」

好不容易哭聲暫歇，鬆了一口氣的哥哥大概是為了緩解氣氛，結果由於他那句話又惹哭我一次，明明沒有哭的理由，卻像是哪個人猛然拔掉栓塞般，積累在心底的感情悉數湧出。

「不是不是不是才不是。」

「那妳幹麼哭成那樣？」

「喜歡我的人送的不行嗎？你管我。」

「第一次被告白的紀念物嗎？」哥哥露出相當歉疚的表情摸摸我的頭，「對不起，我不知道是這麼難能可貴的東西，說不定再也不會有第二次了——」

我狠狠踢了他一腳。

「才不是，我早就被告白過了。」

「那妳為什麼反應那麼大？」

「我——」

……因為是許穹毅給的。

……是不一樣的。

「對吧。根本沒想清楚就發作。」哥哥嘖了一聲戳了戳我的腦袋，「這件衣服很貴耶，沾滿眼淚鼻涕噁心死了。」

哥哥乾脆的脫掉上衣，黑色T恤隨意被披掛在椅背，他一派輕鬆的往沙發坐去，伸長手一扯就把僵直站在旁邊的我一併扯往沙發，他像玩弄鄰居大狗般大力揉亂我的頭髮，平時我會劇烈反抗，但此刻我卻任他擺布，全因為他方才拋下的問號。

——我為什麼反應那麼大？

許穹毅的口袋裡老是擺著薄荷糖，在那之後我也吃過幾顆，單純以「許穹毅給的」這點而論，全然不足以構成我誇張反應的理由；我無力的癱倒在哥哥的身上，吐出幽幽的嘆息，非要定義的話，那顆薄荷糖是「喜歡我的許穹毅給我的最後一顆糖」。

我對他的在意似乎超出預期。

「妳有心事喔？」

「有也不跟你說。」

「談戀愛了喔？」

「才沒有。」

「韓颯絕對不喜歡妳啦。」

「跟他一點關係也沒有。」我偷偷肘擊他，哥哥悶哼了聲接著毫不留情的敲了我的腦袋，「很痛耶。」

「之前不是喜歡韓颯嗎？移情別戀了啊，小女生真是三心二意。」

「誰、誰喜歡韓颯了，什麼移情別戀，不要亂七八糟說一堆有的沒的。」

「又不是秘密。」

哥哥一臉無聊的看著我，像是我過度小題大作一樣，這瞬間我才挫敗的意識到，我的「個人感情」在身旁的人眼底從來就不是秘密。

「總之不用你管。」

「我才不想管。」哥哥很不客氣的打了個呵欠，「但基於妳哥哥我人很好，還是給妳一點建議：既然腦袋小就不要考慮太多，想要就抓住，戀愛就是這麼一回事而已。」

想要就抓住。

哥哥不負責任的話語縈繞在我的腦中，像囈語以幽微的口吻滲進每一絲意念，我瞇起眼注視著正準備投籃的許穹毅，試圖攔住他的是一貫表情冷淡的韓颯，身旁的璟儀無聊的伸著懶腰，抓住，我猛然握住璟儀的手嚇了她很大一跳。

「嚇死我了。」

「沒事，什麼都沒有。」

「我好睏喔。」

「欸，妳有沒有覺得許穹毅看起來有點閃亮亮的？」

「大概是反光吧。」璟儀姑且看了一會兒，她對所有運動完全沒有興趣，單純只是來曬太陽，「韓颯也亮亮的啊，妳看，臉頰旁邊的汗水很刺眼。」

所以是許穹毅流比較多汗嗎？

才不是。

根本是自欺欺人。

「我好像真的很沒有節操的移情別戀了……」

「什麼？」

「沒聽見就算了。」

「移情別戀是什麼意思？」她擺明就是聽見了，方才的睏倦神情煥然一新，眨著她澄澈的黑亮大眼，整個人幾乎趴在我的身上，「許穹毅嗎？」

我煩躁的嘖了聲。

「對啦。」

「他喜歡妳，妳也喜歡他，這樣不是剛好嗎？」

「可是我拒絕他了。」

「為什麼？」

「不對，其實我也沒拒絕他啊，只是那當下好像就剩下一個答案，他這麼說了，我也這麼覺得，因為本來就是有共識的答案……」

「妳在自言自語些什麼我都聽不懂？」

「反正他現在往後退一百步了。」

「追上去就好了啊。」

「是沒錯。」

「那為什麼妳還是一臉鬱悶？」

「少女的鬱悶是沒有理由的。」

我吐了口氣，不久前被阻擋的許穹毅這次順利投進了兩分球，他轉身時恰好對上我的眼，於是自然的咧開笑，率性的揮了揮手，頭一轉又積極投入球場內。

喜歡。

其實對於這個辭彙我仍舊懵懵懂懂的，最初的喜歡在韓颯身上，揉合在友情裡頭，比起得到愛情我滿腦子在乎的是不要失去友情；但目光移到許穹毅時，卻想著「如果能牽著他的手那該有多好」，望著退回朋友位置的他，我卻有踩過那道界線的衝動。

也就是說，我比較喜歡許穹毅嗎？

不是，喜歡是不能被比較的，總之是狀況不同，但我沒談過戀愛，一次也沒有，這種事總不是抓住對方的手大喊「我喜歡你」接著就能輕鬆愉快的吧？沒必要想那麼多。

嗯，是沒必要，但腦袋雖然是我的卻沒辦法隨心所欲的控制。

「季妍說她喜歡許穹毅。」

「然後呢？」

「進度暫時就到這裡。」

花了一段時間我才理解璟儀和韓颯的對話，我瞪大雙眼嘴巴也跟著張開但過於吃驚而發不出任何聲音，眼前的兩個人卻無視我的驚愕神色自若的喝著水，彷彿我好不容易得到的領悟根本就掀不起漣漪。

「不能驚訝一點嗎？」

「哪裡需要驚訝？」

「我移情別戀了耶。」

「是人都會移情別戀。」韓颯拴緊瓶蓋，美好卻表情平板的臉龐突然勾起討人厭的弧度，「許穹毅也是人。」

「你一定要這樣嗎？」

「我昨天又看見同一個女生和許穹毅說話了耶。」

「妳也要跟著搧風點火嗎？」

「很正常的事吧，你喜歡我的時候他陪著妳，他喜歡妳的時候有人陪著他也不意外，現在妳不喜歡我了，他同樣不喜歡妳了也是合情合理。」韓颯總在最不適合的時候展現愉悅，「這樣說來，你們簡直是隔著一段時間差的再現嘛。」

「閉嘴啦你。」

「可是聽起來好像很有道理耶……」

「羅璟儀妳也不要說話。」

「不說出口的話不代表聽不見。」韓颯修長的食指抵著我的太陽穴，唇邊泛開罕見的輕快微笑，「移情別戀這四個字開始在裡面打轉了吧。」

對，沒錯，開始像停不下來的陀螺般瘋狂打轉，移情別戀，這個巨大陀螺邊還散落著各種尺寸的小陀螺，移情，別戀，以及更小的移、情、別、戀，總之像阿米巴原蟲一樣，而且是轉著的阿米巴原蟲。

連帶著許穹毅整個人也跟著旋轉。

頭好暈。

「妳還好吧？」

「什麼？」

「妳臉色很差，是不是曬太久了？」

許穹毅邊說邊將我拉到一旁的樹蔭底下，遞了水給我，捧著水我緩慢的啜飲，腦袋裡的昏脹稍微消退了些，他憂心的瞅著我，雖然想扯開讓他放心的微笑，卻又貪戀此刻他的注視。

喜歡會讓人變得卑鄙嗎？

「有好一點嗎？」

「嗯。大概。」好很多了，但我斂下眼，雙手不自覺攢緊水瓶，「不過暫時沒辦法站起來。」

我想這樣和你待在這裡。

就只有你和我。

「我揹妳到保健室。」

「休息一下就會恢復了——」

總是積極行動的許穹毅不等我話說完就已經將我拉往他的後背，反應不及的我本能的環抱住他的脖子，即使沒有意圖，但過於親暱的現狀讓我的精神瞬間無比緊繃，心跳逐漸加快，步行間的晃動造成兩人之間盪漾著細微的忽遠忽近，這比靜止狀態更挑動我的神經。

我忽然想，說不定喜歡就是一種上天蓄意的捉弄，當他注視著我的時候，我卻別開眼，當他斂下目光，我卻又追尋起他的雙眼。

有人說，喜歡不過是一種恰好。

但那恰如其分的好，卻沒有人學得會拿捏。

「很重吧。」

「比我想像的輕一點。」

「在你心裡我到底是鯨魚還是長毛象啊？」

「都不是啊。」許穹毅說話的時候，振動透過他的後背清晰的傳來，「妳就只是趙季妍啊。」

不知怎地，他這句淡如清水的話語重重打在我的胸口。

我不自覺收緊了手，「以前我想當狐狸，白色的那種。」

「為什麼？」

「因為漂亮。」

「是喔，那現在呢？」

「趙季妍。」我緩緩的說，「從小到大我羨慕過很多動物、很多人，也有想過變成他們，想當白色狐狸是因為我哥總是指著電視說『這是世界上最漂亮的動物』，我哥一次也沒說過我漂亮，所以我想變成讓他覺得漂亮的狐狸；可是最近我開始想，無論變成什麼，只要我不是趙季妍，得到的一切也不會屬於趙季妍，結果還是當自己比較好，不管擁有的事物多麼微小，那都還是屬於我的。」

許穹毅揹著我踏進保健室，裡頭沒有人，他輕巧的讓我坐在床沿，轉身面向我。

兩個人之間流竄著極短的沉默。倏忽即逝。卻不是能被忽視的沉沒，有些什麼正安靜的陷落。

我還能留住你的喜歡嗎？

想這麼問卻開不了口。

「妳要先躺著休息一下嗎？」

「這樣坐著就好。」

保健室內沒有開燈，唯一的光線是從許穹毅身後透進的日光，那是一種難以界定為明亮或者幽暗的灰階，他背著光，表情彷彿被吞噬般隱沒在光影交疊處；我試圖分辨出那藏匿的種種可能，卻一再挫敗於自己對於細緻事物的不擅長。

「許穹毅……」

我伸出手幾乎要牽住他的，如果能觸碰到，或許就能遞送些什麼給他；然而就在那邊緣，幾乎，這兩個字鮮明得過了頭，保健老師跨過了結界，啪的一聲按下了燈的開關，於是那好不容易醞釀的曖昧便應聲瓦解，並且消散。

手再度垂落。

我聽見許穹毅和保健老師的交談聲，忽遠忽近的，盯望著空無一物的掌心，我又開又合的動著右手，抓住就好了，哥哥是這麼說的，但即便是近在咫尺的人，仍舊難以抵達。

橫在當中的，不是某些什麼，而是什麼都沒有。

15□

來回游了五趟之後我終於筋疲力盡的趴在池邊，硬被我拖來的孟翎悠閒的靠在一旁泡水，她以漠不關心的表情斜睨著我，沒辦法，她拉著我從事各式各樣宣洩活動時我也沒什麼同理心。

這陣子某人的戀愛似乎很有進展，連帶著喜歡某人的孟翎則處於惡劣的低氣壓內部，但她本人卻必須維持一貫的態度，結果她就只能獨自消化陰鬱的不快與幾乎撐爆的嫉妒。

當然我陪她游過幾次泳、大量攝取糖分過高的甜食、跑到海邊像瘋子一般大吼大叫、或者失卻言語般坐在草皮上呼吸著彼此的沉默；然而排解了某一部分，卻又在哪邊的縫隙竄進其他的內容物，於是孟翎的情緒便起起伏伏，找不到適當的平衡點。

戀愛病。

大概是這樣的東西。

不久前我還置身事外，偶爾還會說出刺激孟翎的話，沒想到我似乎也出現相似的徵狀，簡直是一種報應。

「現世報。」

「就算我沒什麼同理心，但我對妳也算不錯吧？妳就不要再落井下石了。」

「手邊有石頭不扔太對不起石頭了。」

我怎麼覺得身旁的每個人都有被韓颯同化的跡象？

「算了。」

「告白不就好了。」她無聊的打了個呵欠，「不乾不脆的讓人覺得礙眼。」

「做什麼事情都要有預備動作，也需要有適當的時間點。」

「那妳怎麼判斷什麼時候是適當的時間點？」

「我還在研究……」

「逃避。」是這樣沒錯。我沒辦法反駁孟翎。「我不否認有適當的時間點，但一味的考慮這些雜七雜八的細節，最後只會有一個結果。」

錯過。

不會有其他可能了。

「我沒有勇氣……」

「在愛情面前每個人都是膽小的，但為了得到愛情，人不得不勇敢。」孟翎突然散發著超齡的成熟感，「因為愛情沒有中間點，不是得到，就是失去。」

不是得到，就是失去。

孟翎拋來的近似哲學論調的話語迴盪在我的腦中，干擾了我的正常思考，於是身體本能的踏上返家的方向，卻由於誤判（或者某些難以說明的原因）我轉開的是別人家的門把。

那個「別人」的眉心稍微聚攏了些，似乎正在判斷要不要直接攆我出去，我等了幾秒鐘，大概是暫時被容許了。

於是我挑了個位置坐下。

「做什麼？」

「我好像走錯地方了。」

「那還不滾？」

「意外的覺得這裡也滿舒適的。」

「趙季妍。」韓颯壓低的語調裡灌進滿滿的威脅感，接著他預告了所有狀況中最惡劣的一種，「小蔓剛剛沒接我電話。」

「等一下她就打回來了啦。」

韓颯冷哼一聲。

對於我的說辭他似乎有些滿意。

「所以妳想做什麼？」

「不想做什麼。」我說，不經意撇開了視線，「借我待一下，不會吵你。」

其實最明白「這是與他人無關的事」的人就是我，直進的途徑也很明確，也沒什麼迂迴糾結需要考慮；然而越簡單明快的選項，越讓人害怕即將迎上的種種可能。

沒有迂迴，沒有多餘的解釋性，擺在那邊的就是答案。

人呢，左邊那塊拚了命想追尋答案，右邊那塊卻又奮力的逃避答案，搖搖擺擺的，就算是二選一，需要預備的也只有兩種可能：這樣和那樣。

儘管說得那麼輕快，但是或不是，有或沒有，得到或者失去，根本就是兩面的極端。

「欸，你覺得許穹毅移情別戀了嗎？」

「不知道。」

「隨便的感想也可以啊……」

「所以，他還喜歡妳的話妳就打算坦白，不喜歡妳的話就算了？」韓颯唇邊有冷冷的嘲諷，「原來妳對許穹毅的喜歡不過是追求這種方便性而已。」

「不要說話帶刺，最討厭你就是這一點。」

「那就不要問我。」

「韓颯——」

他擺出不耐煩的表情，「就算回答是對方給的，但對妳來說，無論他的心意是什麼都無所謂吧，想讓對方知道就說，不想讓對方知道就吞進去，就只是那麼簡單的事。妳和他之間又不是什麼三角關係，或是不倫外遇之類的麻煩事，說到底，會受到影響的也就只有妳和他而已。」

韓颯揚起不懷好意的淡笑。

「喜歡我的時候千方百計的想要告白，但換成許穹毅就搖擺不定，這到底是對我的感情比較堅定，還是……對許穹毅的喜歡比較——」

比較什麼？

韓颯乾脆的收回所有語言。

「不把話說完嗎？」

「忽然沒有想說的心情了。」

「你真的是——」

「無論我說什麼都動搖不了事實不是嗎？」

「就是因為心底沒辦法確定，才想從另一個人口中得到支持啊……」

「如果妳對某個人的喜歡就只是那麼搖搖欲墜的東西，那麼就藏好不要拿出來害人。」

「才沒有——」

「那麼是什麼？」

「就是因為很喜歡很喜歡才會不知所措啊！」

我對許穹毅的在意不知不覺的超出了我的預期。

對他的喜歡也是，等我察覺時總是晚了一步，以為只有八十分的喜歡卻早已跨越一百分的線，意識到那些喜歡溢出了一百分的頂點，卻又掌握不住瀰漫在四周的究竟有多少的量；我不敢肯定的並不只是許穹毅的心意，而是我自己的。

我到底，有多麼喜歡他？

「那就原封不動的把話告訴他啊。」

「什麼？」

「喜歡他到不知所措。」韓颯的笑容好討人厭。燦爛到幾乎讓人以為世界末日就在身後一樣。「這句話，簡直是三流電影裡的台詞，如果妳說出口了，對方一定會被『連這麼羞恥的台詞都願意說』的妳深深感動吧。」

「韓颯，我最討厭你了啦。」

我深深的吸了口氣，混著熱度和青草氣味的空氣竄進我的胸腔，來來回回踱步了幾趟，掌心微微滲出汗水，最後我終於放棄般的往草皮坐下。

這裡是許穹毅陪我練習腳踏車的地方。

不知道從什麼時候開始，感到煩躁時我總會獨自來到這裡，彷彿一踏上這個場域心情就能得到安定，或許並非由於這個場域本身，而是這裡儲存著屬於許穹毅的顏色。

我總是晚了一步才明白。

「……許穹毅？」

愣了幾秒鐘，接著揉了揉眼睛，想確認眼前趨近的身影究竟是海市蜃樓或者真實存在，他牽著一條相當活潑的大狗，頰邊泛起爽朗燦笑，直到他朝我揮手我的心才定了下來。

黃金獵犬興奮的搖擺著尾巴。

「你怎麼會來這裡？」

「幫鄰居姊姊遛狗。」他在我面前站定，放開繩索讓大狗自由奔跑，「剛剛我還以為認錯人，這裡不是離妳家有點遠嗎？」

「嗯，不過這裡讓人覺得很放鬆。」

……同時這裡存在著與你相遇的可能性。

「這樣啊。」

「嗯……」

短暫卻尷尬的沉默從縫隙滲了出來，這是我和許穹毅之間從來不曾有過的凝滯，我有些扭捏的扭弄著手指，故作自在的將目光移往來回奔跑的大狗身上；儘管清楚沉默不會因為等待而消散，卻還是抿著唇不開口，想著或許再等一會兒他就會說話，結果也只是讓兩人背負起更深的沉默罷了。

喜歡絕對不是單方面的付出。

許穹毅的手朝我伸出來太久了，卻遲遲沒有被握住，他感覺累而收手也是正常的狀況，我卻還鬧著彆扭反覆想著「他為什麼會將手放下」，說不定最後連自己能夠牽起他的手的機會也錯失了。

因為喜歡所以不知所措，但我想，一旦牽起他的手，或許就能找到方向了吧。

我深深呼吸。

沉默還在。

他掛著淺淺的笑注視著愉快的大狗，斂下眼我瞪視著他垂放在身側的右手，咬著唇輕微的顫抖爬上我的肌膚，喉嚨有些乾渴，我幾乎就要打消念頭，但這樣一來，我和他只會一秒一分拉開更長更遠的距離。

於是我拉住他的手。

能感覺到許穹毅的詫異，他旋過身彷彿想確認現狀，但我只是死命低著頭並且將手握得更緊，盡可能預備著言語，卻挫敗的發現自己根本找不到適當的字句。

「……趙季妍？」

「狗。」我有預感自己要開始胡言亂語了，不，我有自信自己絕對會胡言亂語，「我怕狗，超級怕的，這裡跑來跑去的狗太多了，說不定等一下就會有哪隻狗失控的衝過來——」

我在說什麼？

狗什麼的，剛剛我明明還摸了大狗的頭，我頹喪的垂下肩膀，連帶著握著他的手也顯得軟趴趴的；但許穹毅沒有戳破我，簡短的應了聲，我沒有勇氣抬頭窺探他的表情，只能以所有的精神力集中在他掌心的熱度。

從很久很久以前開始，當他在有著熱燙日光的午後伸出手將我拉起身時，我就已經記憶下屬於他的溫度了。

無論周旁多麼熾熱，都不會被忽視的他的溫度。

「小幽靈很乖，不會咬人。」

「什麼？……小幽靈？」

「狗的名字啊。」他愉快的笑著，我以為他在開玩笑，哪會有狗取那麼詭異的名字，「不過牠太興奮的時候會把人撲倒啦。」

好不容易鼓起勇氣抬頭，卻迎上許穹毅轉過來的臉龐，他銜著我燦爛的笑著，我的心臟簡直漏了一拍。

閃閃發亮。

我好像也領悟到那神秘的景象了。

「要吃薄荷糖嗎？」

這是抽回手的委婉藉口嗎？

「不要。」我故作鎮定的搖頭，「現在不想吃。」

「好吧。」

接著我就看著許穹毅把左手伸到右邊褲子口袋，花了一點技巧掏出了一顆薄荷糖，接著他將薄荷糖湊近嘴邊，用牙齒把包裝袋撕開，薄荷糖經過一番輾轉終於進到他的口中。

我的心暖暖的。

一不小心就笑了出來。

「笑什麼？」

「沒有。」

「是喔。」

「嗯。」我偷偷往左移了一小步，非常小的一步，但至少消弭了些刺眼的空白，

「大狗好可怕。」

「趙季妍。」

「嗯？」

「等一下我陪妳回家吧。」

「……狗也一起嗎？」

「嗯，因為鄰居姊姊晚上才會回來。」

「如果狗走另一邊的話。」我的聲音透著濃重的心虛，果然喜歡會讓人變得卑鄙，「我勉強還可以。」

狗真的很可怕，真的。

總之我從今天開始決定怕狗了。

許穹毅送我到家門口時我才有些捨不得的鬆開手，他沒有追究，也沒有提起任何跟手或者狗有關的內容，但過度心虛的我在他轉身離開時居然衝動的扯住他。

「我是真的很怕狗，真的。」

「嗯。」他相當配合的點了頭，接著揚起讓人有些頭暈的美好燦笑，「我知道。」

大狗汪了一聲。

許穹毅揮了揮手，明天帶薄荷糖給妳吃，這麼說完就走了。

明天。

這兩個字包裹著濃密的延伸感。

靠在門邊我安靜的凝望著他遠去的背影，直到他終於踏出我的視野，我才依依不捨的收回目光，開始揣想著明天。

我和許穹毅沒有驚天動地的進展，事實上，連能夠稱為進展的東西大概也很有限。

天真如我，還以為鼓起勇氣牽起許穹毅的手就能將心意傳達給他，接收到訊息的他便會順勢給出回應，例如摸摸我的頭，或者更加堅定的宣示界線；但沒有，左邊右邊都沒有，許穹毅依然維持著適當卻讓人鬱悶的距離揚起過度燦爛的笑遞來薄荷糖，彷彿我、就、真、的、只、是、很、怕、那、隻、看、起、來、蠢、蠢、的、狗。

「妳在生氣嗎？」

「沒有啊，我心情很好、非常的好。」

「是喔。」

許穹毅一臉狐疑的盯著我看，害我陷於「究竟要巴他的頭還是扯過來親一下」的兩難困境裡頭，雙手緊緊握著拳，這傢伙在不那麼久遠的之前不是說過「因為很認真的看著妳所以都能明白」嗎？

所以說，他已經轉移目光了是嗎？

我想起璟儀提起的「某個女孩」。胸悶氣瘀一併發作，我瞪了眼擺出無辜表情的許穹毅，搞不清楚狀況的他小心翼翼的解讀著我的表情變化。

「妳一定在生氣。」

「才沒有。」

「妳知道鯊魚不小心吃下綠豆之後會變成什麼嗎？」

「什麼？」

「綠豆鯊。」

我冷冷的望著許穹毅，他咧開的笑在我的視線下緩緩聚攏，苦惱的神情爬上他的眉心，我知道他想逗我開心，但他一邊對我那麼好，一邊又保持距離的態度讓我的情緒起起伏伏的，這時候我才發覺當初的他耗費著多大的精神力。我沒辦法拿捏準確的長度。

想跨過去。

我，想抵達他的世界。

不想在境界邊緣來回徘徊。

「我想吃薄荷糖。」

「好，」他很快的掏出薄荷糖遞給我，「給妳。」

「我好像移情別戀了。」

「什麼？」

薄荷糖的清涼感竄進我的身體，我盡可能用著日常的口吻拋出試探的話語，許穹毅安靜了一陣子，那究竟是多長其實我也喪失了具切的時間感，最後他扔出確認般的問號：「不喜歡韓颯了嗎？」

「嗯，我死心得很徹底，不是為了保護友誼才這麼說，而是真的對他只剩下友情。」

「這樣啊……」

不問我喜歡誰嗎？

真的不問嗎？

許穹毅真的沒問。

「喜歡好像就是這樣的事呢。」

什麼？

才不是要你的感想，對話的進展應該是他接著問「那現在喜歡誰呢」，我就可以理所當然的回答「喜歡你」，但他沒有問，壓根兒沒有想問的意思。

我用力咬碎口中的薄荷糖。

「許穹毅。」

「怎麼了嗎？」

他以澄澈的黑亮大眼注視著我，原本想說些什麼我似乎也忘了，彷彿陷入他的幽潭般被掠奪了思考能力，我的手貼放在粗糙而微溫的石階上，粗糙感突然被放大了，我不由自主傾身向前，唇輕輕貼上他的。

時間像靜止一樣。

「如果我跟你告白你會答應嗎？」

「會。」

「許穹毅。」我輕而緩的唸著他的名字，他太過認真的雙眸讓我有些緊張卻又同時感到安心，「我喜歡你。」

總是咧著笑的他這一刻卻沒有任何笑容。

他伸出手，疊放上我的手背，安靜的顫抖透了過來；我和他有很長一段時間沒有說話，就只是張望著彼此，感受著對方的溫度以及顫抖。

這就是答案。

我想。

喜歡就是如此得以確認的事。

16□之外

之一

「阿皓，如果一個女生牽住你的手說她怕狗，這是什麼意思啊？」

「就是怕狗啊，女生嘛，不管看起來多麼厲害都會有一兩樣怕的東西啊。」

「可是不是拉住衣服是牽住手耶。」

「不然你直接去問比較快。」

「就是覺得問了會變很尷尬才來找你啊。」

「也對啦，那她之後對你的態度呢？」

「沒有什麼差別啊。」

「那你就乾脆的當作什麼都沒發生吧，如果對方有意思的話也不會假裝沒事了，你想維持和以前一樣的感情就要努力保持一貫的態度。」

「是喔。」

「兄弟，感情這種事是不能強求的。」

「可是我被拒絕之後還是很喜歡她……」

「那就更要堅強的表現出若無其事，女生呢，不喜歡太有負擔的類型。」

「我知道了。」

「記得，就算她偶爾對你示好也要堅持住，不要被動搖了，把對朋友的好誤解成曖昧就太慘了。」

之二

「那時候你為什麼不問我喜歡誰？」

「什麼時候？」

「說不喜歡韓颯，移情別戀的時候。」

「我不敢問。」

「為什麼？」

「妳喜歡韓颯的理由我列了很多，像是你們認識很久、他很優秀、人長得帥……雖然清楚喜歡沒有任何道理，但還是會想說服自己；所以，要是突然問了，我可能會忍不住的問妳『這次為什麼不能是我呢』？」

「……就是要你這樣問啊。」

「妳說什麼我沒聽清楚。」

「我什麼都沒說。」

「真的嗎？」

「嗯，我想吃薄荷糖。」

「給妳。不過感覺現在妳都用薄荷糖來轉移話題耶。」

「跟你學的。」

「也是啦。這樣我也算很有影響力吧。」

之三

「那個女生到底是誰？」

「妳說誰？」

「我怎麼知道，璟儀說看見你跟某個女生很嚴肅的在說話。」

「可是這樣我也還是不知道是誰啊。」

「所以說——」

「啊、猴子形狀的雲出現了。」

「你現在是在唬弄我嗎？」

「沒有啊，妳看，尾巴在左邊。」

「明明在右邊。」

「對耶。」

「星期六要一起帶小幽靈散步嗎？」

「好啊。」

「妳真的很怕狗嗎？」

「許穹毅猴子尾巴捲起來了。」

「沒有啊。」

「是喔，大概是我看錯了。」

之四　孟翎

「到底你為什麼就是不能喜歡我？」

「其實我也想問一樣的問題。」

「什麼？」

「我喜歡的人也都不喜歡我啊。」

「……」

「所以我們是同病相憐吧。」

「我一定也不想要得到這種安慰。」

「那好吧，需要我傳授妳『如何移情別戀』嗎？」

「我到底為什麼會喜歡上你這種人？」

「嗯，這就是人生啊。」

雲與薄荷糖 It Might Be You

後記之一

這是一個關於移情別戀的故事。

我很想豪爽的這麼宣稱，但沒有辦法，跟大多數我的故事不同，這則故事並沒有特別的核心，非得要說的話，那就只是關於趙季妍的一個簡單故事。

她的心思放在甲時，甲佔據的篇幅便大些，注意力擺在乙之際，乙就成為敘述的主體；人的目光都是如此，既沒有辦法隨心所欲，也不能合理的以比例進行分配，但這卻也是每份感情、每個他人所帶給自己獨一無二的感受。

感情是動態的。

對感情（以及自己）還不那麼明瞭的趙季妍必然感到困惑，於是她左右衝撞、也曾經逃避，來來回回耗費了大量精神與氣力，我們都一樣，如此費力不過是為了稍微前進一哩路。

因為人生，即便只有一步之距都可能是截然不同的風景。

但回頭來看這其實是非常輕快的一則故事，趙季妍就是個普通的小女生，不那麼起眼，也不怎麼特別，但這樣的她卻是不能被取代的。

之二

故事寫完之後我才發覺許穹毅非常神似我某個朋友，無論是個性或者外形，儘管出自我筆下我卻後知後覺到難以置信的地步；這讓我想起來，我曾經很想替他寫一篇故事，不為什麼，就只是這麼想。

高中時期我曾經對他說過：「你理平頭我就跟你絕交」，他只是笑，後來似乎也稍微把頭髮留長了些。儘管只是無關緊要的細瑣，但回想起來也總是這些；他那非常燦爛的笑，刺眼得很，彷彿說著「無論妳性格如何乖張我還是在這裡」，縱使他在另一座不那麼近的島，我也還是覺得安心。

之二

我非常喜歡孟翎。

早慧卻留有純粹的樣貌是我極深的期望，人總會領悟些什麼，無論如何抗拒都抵擋不了；假使能保有初衷，那已經是莫大的奢侈了。

Sophia

雲與薄荷糖　It Might Be You

雲與，薄荷糖

IT MIGHT BE YOU

Sophia
作品集04

國家圖書館出版品預行編目資料
雲與，薄荷糖／Sophia 著.
一初版.一臺北市：春天出版國際, 2015.11
面；公分.一（Sophia作品集；04）
ISBN 978-986-5706-91-3（平裝）
857.7 104018747

ISBN 978-986-5706-91-3
Printed in Taiwan

作　者　Sophia
封面設計　克里斯
內頁編排　三石設計
總編輯　莊宜勳
企劃主編　鍾靈

出版者　春天出版國際文化有限公司
地　址　台北市信義區信義路四段458號3樓
電　話　02-7718-0898
傳　真　02-7718-2388
E－mail　frank.spring@msa.hinet.net
網　址　http://www.bookspring.com.tw
部落格　http://blog.pixnet.net/bookspring
郵政帳號　19705538
戶　名　春天出版國際文化有限公司
法律顧問　蕭顯忠律師事務所
出版日期　二〇一五年十一月初版
定　價　180元

總經銷　楨德圖書事業有限公司
地　址　新北市新店區寶興路45巷6弄6號5樓
電　話　02-8919-3186
傳　真　02-8914-5524

Sophia
作品集
04

Sophia
作品集
04